虚拟智能掌控人类

FANTASY

幻想家

08

网魔

临界

HTCI

高科技罪案调查

郑军 著

北京理工大学出版社
BEIJING INSTITUTE OF TECHNOLOGY PRESS

图书在版编目（CIP）数据

临界·高科技罪案调查. 网魔 / 郑军著. — 北京：北京理工大学出版社，2020.1

ISBN 978-7-5682-7717-4

Ⅰ. ①临… Ⅱ. ①郑… Ⅲ. ①科学幻想小说－中国－当代 Ⅳ. ① I247.5

中国版本图书馆 CIP 数据核字 (2019) 第 233942 号

出版发行 / 北京理工大学出版社有限责任公司
社　　址 / 北京市海淀区中关村南大街 5 号
邮　　编 / 100081
电　　话 /（010）68914775（总编室）
（010）82562903（教材售后服务热线）
（010）68948351（其他图书服务热线）
网　　址 / http：//www. bitpress. com. cn
经　　销 / 全国各地新华书店
印　　刷 / 三河市华骏印务包装有限公司
开　　本 / 787 毫米 ×1092 毫米　1/32
印　　张 / 8　　责任编辑 / 闫风华
字　　数 / 116 千字　　文案编辑 / 闫风华
版　　次 / 2020 年 1 月第 1 版　2020 年 1 月第 1 次印刷　　责任校对 / 周瑞红
定　　价 / 32. 80 元　　责任印制 / 施胜娟

目录

与苍生为敌，纵高知高科富甲天下，

终难逃法律惩处。

临界

HTCI

第一章　奇点来临

“哇，创口完全看不出来。”

“都说十指连心，现在也这样吗？”

“奇迹发生在眼前，和道听途说的感觉就是不一样！”

“……”

会议室里，杨真被同事们团团围住。确切地讲，大家正在围观她的两根手指头。现在它们还很僵硬，血管和肌肉接驳后很快就能恢复功能，但是神经元接通后要生长几星期才行。谨遵医嘱，杨真尽可能避免用这只手。

现在，她坐在会议室里。同事们一拨拨儿走到跟前，朝圣般望着那两根手指。女同事仗着性别优势，都来轻触她的指尖，询问她真有什么感觉。迟健民走过来，也伸出手想碰一下，被杜丽霞一把拍开。

“干吗？揩师妹的油？”

“哪里哪里。”迟健民连连摆手，“全球首例机器人显微外科手术，能载入史册的，我就想见证一下。”

“要不，你跟它来个自拍吧。”杨真大方地举起那只手。于是，男同事们排队走过来，轮流和两根再生的指头合影。杨真把脸躲到画面外，现在的明星不是她。

“咦，你们在干什么？像赶集一样。”

看到梁文博处长走进来，警官们笑着回到座位上。梁处长也走到杨真面前，关切地询问她的恢复情况。杨真受伤才一周，还请着病假。因为恢复得很快，人又闲不住，就跑回单位参加入职教育会了。

“借着她这只手，我给你们讲个战斗故事，是我自己经历的。”

梁文博讲了他在西部参加反恐战斗的一段故事。战场在戈壁深处，战果很辉煌，几乎是碾压敌人，但是他的一个战友被简易爆炸物穿透了胸腹。

“我们都接受过严格的战场救生训练，直升机也在附近待命，虽然以最快的速度运送伤员飞去医院，但还是没能抢救过来……所以，我深知手术机器人的重大意义。杨真能主动接受这种挑战，身为军人，我代表千百万有可能在战场上流血的战友感谢你。”

说着，梁文博当众向杨真敬了个军礼。

“处长……您……”杨真下意识地还了一个礼。

今天又逢十名新人入职，照例要开展入职教育。新人们大多第一次接触“高科技风险防控”这个概念，还不清楚具体要做什么。老成员虽然久经战场，但是处里的入职教育每次都有新花样，他们也很有兴趣参加。

会议开始，灯光变暗，梁文博背后的屏幕亮起来。蔚蓝的地球出现在上面，它带着山川大地、白云碧涛、百鸟千兽、绿树繁花，呼啸着飞入一孔巨型管道。镜头推近，地面上成千上万的人翘首天空，看到的不再是蓝天白云日月星辰，而是泛着荧光的透明薄壁。淡绿色荧光向前、向后、向着四面八方，延伸到无限空间里，缥缈如薄雾，柔缓似轻纱，亦真亦幻，无始无终。

一时间，宇宙万物都被囊括在这个管道中。一行大字蹦出来，硬生生覆盖住管道中渺小的地球。

热烈祝贺5G实验网全面开通！

这个不可过滤的广告已经在手机上出现了好几天了，用户只要开机，都会被迫注视它几秒钟。好在广告创意新颖，制作出色，还不太惹人厌烦。警官们边看边议论。

“5G能有什么新功能？”

“我觉得只是商业噱头。我从2G一路用过来的。”

“管它呢，咱们又不能随便用。”

……

议论声中，龙剑讲了个笑话。“正确答案是，3G手机用一天充三次电，4G要充四次，所以5G……”

周围的人都被他逗笑了。调查处在“胚种案”中获得完胜，抹掉了“宇宙人”一案带来的晦气，气氛又恢复了往日的活跃。梁文博做了个手势，示意大家安静。

“言归正传，今天我先不讲话，请大家看一个直播的实验，然后再谈谈心得。”

屏幕上出现几个监控画面。这是军方组织的一项实验，军方一些机关和他们这个调查处都在通过网络看直播。实验对象是从全国核物理专业找来的尖子生。每人都被圈在一间自带卫生间的封闭小屋里，彼此不知道其他人的存在。小屋光线柔和，温度适中，点一下鼠标，工作人员便会把饮食送进去，还有一张床供被试们休息。

总之，一切生理需要都可以在里面解决，但是不允许走出小屋。每个学生面前都摆着电脑，虽然身体不能离开，却可以通过它在网络中自由驰骋。实验安排的任务，就是独立地从网上找齐制作一枚核弹的材料！

在这些尖子生面前，核裂变炸弹的制造原理属于小儿科，已经算不上什么高科技了。他们根据记忆，把课堂上学过的设计原理输入电脑。个别程序一时想不起来，还可以打开各种网站进行搜索。

然后，被试们列出器材名单，在网上到处求购。实验组的计算机记录下每个被试的搜索路径。

由于接入5G网，他们可以飞速下载3D模型，进行云计算，在公开的网络资料中畅游，速度是以前的几倍。几个小时后冠军就产生了，这是一位大四女生。她根据自己的设计，居然从各国网站上找到了绝大部分用来制成一枚原子弹的材料。经过讨价还价，这些材料的总报价被压缩到四百六十五万美元以内，只需确认购买后就能发货。卖家里面没人询问她买来干什么用。如果真能买齐，理论上可以制造出一枚三万四千吨TNT当量的核弹。

完成任务后，这个戴着深度眼镜，胖墩墩的女孩打着哈欠，憨厚可爱。可是，原子弹真这么容易制造吗？是的，原子弹爆炸原理并不复杂，重点是各种原材料的来源和加工制造。

好像有股阴风从屏幕上扑出来。胖女孩刚才搜索过的网站一一重现，里面既有“原子弹设计全图”，也有“氢弹概念设计”，大部分是国外网站，也有几个中文网站。

至少有三分之一的制造材料，女孩是从普通购物网站上找到的，没有门槛，更没有触发任何监控机制。

完全无密可保，即使门外汉，只要有耐心，大部分核弹制造技术都能通过搜索引擎找到。有些网站上还有网友留言，认为核武器设计早已经过时，他们能提供新方案。至于需要增加哪种新元件，应该到世界上哪家公司合法购买，甚至如何规避某国的相关法律，也都有人出谋划策。

他们不是恐怖分子，只是在用着过剩的脑力玩游戏。

依靠网络，百分之九十的被试完成了实验。最后一个学生漫游几小时后，“花费”三百五十三万美元“买”到可拼装一枚五万吨级原子弹的材料。男生总是更具有侵略性，他的设计非常凶狠，叫作“开放式弹仓配备”，可将核装药爆炸力提高百分之七十。测试期间，这位男生一共拜访过九个国家，总共十七家电商。求购的材料大部分都是军民两用，其中每样如果单独买下来，都没有什么危险，甚至不违规。这些分散在世界各地的网企也不会知道，他们有可能成为原子弹工厂的材料供应商。

全部实验结束后，直播观众还可以远程与被试们交谈。龙剑向那位最后完成任务的男生提了个问题：“你告诉我实话，要是有人花钱买刚才的设计，你愿意出价多少？”

画面上的男生耸耸肩：“要听实话吗？我这个设计根本不值钱。发达国家都有核专业，世界上懂核弹制造原理的人多得数不过来。”

实验结束，警员们你看看我，我看看你。他们是中国对“高控”局势之严峻最有认识的一群人，仍然被这个网络实验预示的局面所震惊。

等到大家的情绪调动得差不多了，梁文博才进行会议总结：

“今天，高科技早不是政府和大企业的专利，它们被越来越多的普通人掌握。这是历史的进步，是一件大好事，不可逆转。但正像刚才看到的那样，高科技扩散也给社会带来巨大隐患。既然历史不能倒退，就必须有人站出来，守在危险技术扩散的通道门口，把罪恶挡在一边，把安全留给社会。这就是高控事业的意义。”

◆ ◆ ◆

“云端里没有证据！”

散会后，梁文博把几个组长留下来，让韩悦宾介绍“胚种案”最新的调查结果。“我们测了几次，一所的专家独立测了一次。因担心不准确，我还请中科院软件所的顾问独立测试了一次。结论都一样，胚种还没进化到能够伪装成人类进行商业洽谈的水平。”

大部队收兵后，韩悦宾带着技术组在中州市又待了很久，调查胚种有无可能登录网络，然后通过数据的形式外传自己。王雪宏和江志伟初建实验厂时，把网络接通到控制室，与实验池之间有物理隔离。小怪物们进化到爬出实验池后，王雪宏有所担心，便让实验厂断了无线网，只在传达室接入有线网。再后来，他们连这点连接都不敢保留。

所以，直到进化机器倾巢而出，它们只能通过两块抢到的电脑硬盘去了解外部世界。

问题是，接下来的一天发生了什么？怪物入侵配件厂时，里面的光纤至少有五处遭遇物理入侵。院子里的怪物与人类战斗，屋子里的同伴就在解读网络内容。短短几小时里，它们对世界的了解飞速提高，甚至可以把自己的制造程序上传到云端，暂时保存。

有了“我们”一案的处置经验，调查处要求当地迅速断网。到那一刻前，胚种只来得及上传一个“藏羚羊”的制造程序。没有驱动软件，它只是一个死的程序。韩悦宾不放心，战斗结束后一直带着网警在网上“蹲守”，寻找胚种在异地登录的痕迹，却始终没发现。

“传到云端的程序，你通知网站销毁了吗？”梁处长问道。

“销毁了，网站怕惹事，很配合。”

杨真还没有官复原职，但作为“胚种案”的核心，自然要留下来参加。听完韩悦宾对监控细节的介绍，她看了看迟健民和许清扬，那两个技术专家都表示认同韩悦宾的判断。

“从胚种出逃到断网，中间有多久？”杨真问道。当时她待在兵荒马乱的中心地带，没空关注这些外围的事。

“176分钟。”一旁的杜丽霞给出了答案，这种工作一向由她与当地公安部门沟通。

“消息肯定会泄露一些。”杨真若有所思。网络时代，尽管中州地处偏远，发生这种怪事，少不了有人拍照，录视频，然后传到网上。断网后这些消息都被清理，但是中间隔着将近三小时的空白。

“也就是说，胚种没有羽化升仙，那还是人作的案。”龙剑说出了大家心头所想。

一个神秘力量偶然发现中州开发区的骚乱，上网搜索到藏羚羊的设计数据，再伪装身份，把它传给山地机器人设计中心。这是从技术角度最合理的解释。然而，没有公开报道，他们怎么当时就能理解骚乱的本质？难道他们入侵了网络公司的云服务器？

最重要的是，既不收钱也不留名，他们这样做的动机是什么？

“龙剑，山地机器人公司那边是你在负责调查，会不会就是他们自己干的？”梁文博询问侦察组长，显然，这是最合理的解释。

龙剑不是技术专家，调查讯问却是一把好手，但是他也摇了摇头：“从董事长到业务员，我讯问了他们上上下下九个人，比对了记录，至少现在还看不出问题。”

“这案子不能结，由韩组长负责盯着它。”梁文博布置，“直到我们搞清楚是什么人趁火打劫为止。”

◆ ◆ ◆

“听说你们发明了读心机？”

“哪有那种事。”

“无感测谎呢？”

“这个我不能回答。”

现在，公安系统内部很多人都知道这个调查处的存在。不仅听说过它的名字，还越传越邪乎，把这里描述成007装备处那种神奇机构。这天，马晓寒去看望大学同学，就被问了一连串怪话题。这是她在公安大学的同学，两人同宿多年，情同姐妹。毕业后马晓寒入职调查处，这位女同学来到一个基层派出所。今晚马晓寒有空，想约女同学出去玩，她却要临时加班，马晓寒就专程跑过来和她叙旧。

这里很多年前叫什么村，或者什么庄，现在是一片新建小区。在老所长的口中，以前这里小偷遍地，斗殴频发，她们待在崭新的楼盘中，完全没有这种感受。视频监控和DNA比对两大神器普及后，暴力犯罪直线下降。现在如果有人报案，十有八九是遭遇到网络诈骗。

两个老同学正在闲聊，110那边转来一个报警电话，当事人离他们所最近，110的值班人员建议报案人就近解决。“你坐着，我去处理一下。”女警员刚准备好记录设备，报案人就跑了进来，还带进一身酸臭味，估计个把月没洗澡了。女警员强忍不适，按部就班地向他提问。

“是阿辉，就是阿辉！”报案人是男性，身上带着些许血污，“就是他打的我。”

“你得先处理伤口。”发现是斗殴事件，女警员带他去了医务室。此人肩头被划伤，此外没什么大问题。检查包扎完毕，她又将报案人带回值班室再次从姓名开始询问。

“你们还不出去抓人，一会儿他就跑没影了。是阿辉，天啊，他是活的。”被她这么一弄，报案人十分不耐烦。

女警员转过头，朝马晓寒做了个无可奈何的表情。遇到这种语无伦次的报案人，只好先设法缓解对方的焦躁：“放心吧，方圆几平方千米的监控无缝连接，谁也跑不掉。”

来人的情绪稍稍稳定下来，开始按照接警程序回答问题。听他报出年纪，她们都吓了一跳。三十七岁？看他的举止，怎么感觉应该去掉十位上那个“三”才对？

“阿辉是什么人？他为什么打你？”

“阿辉啊，阿辉你都不知道！天啊，你们警察生活在什么年代？”

要不是有纪律，女警员可能就把来人轰出去了。一旁马晓寒忽然问：“你说的是虚拟伴游里面那个阿辉吧？”

“对对对，就是那个排名第一的马甲。看来警察里还是有明白人的。你们知道吗？它活了，天啊，奇点要来啦，没想到我居然能见证它到来。”

“先生，你到底有没有正经案情要报警？”女警员终于忍不住，呵斥道。

“当然有啦，它从网里钻出来行凶。瞧，这就是它打的。奇点，妥妥的奇点！人类末日从今天开始……”

马晓寒决定帮老同学一个忙，于是向她示意由自己提问：“先生，我知道你说的奇点是什么意思。既然出了这么大的事，还请你把案情讲清楚，我们才好出动警力。”

翻来覆去好半天，她们终于记录下比较清晰的案情。原来，此人大学毕业后，十几年都宅在家里打游戏。他和其他游戏迷组成一个战队，在网络中纵横驰骋。前不久他们遇到另外一个战队，结果屡战屡败。于是质疑对方用虚拟伴游做参谋，有违网络道义。

没想到对方的核心人员居然承认，他们确实用了虚拟伴游，马甲就是取名“阿辉”的那一款。两边在网上呛起来，对方发出狠话，如果不服，小心阿辉出来教训你。

刚才，报案人难得一次地出门买东西，居然就遇到一个外形极像阿辉的人袭击他……

“你等一下，我们马上做调查。”

说着，女同学将马晓寒叫到里屋，她不懂什么虚拟伴游，阿辉又是什么。马晓寒告诉她，虚拟伴游是IT巨头网讯公司开发的一款新程序，类似于微软推出的“小冰”。它可以不断积累知识，回答用户的问题。

不过，虚拟伴游的功能比小冰多得多，不只是陪聊，还能解答用户的具体问题。小到租房、职位、商品信息，大到股市涨跌、汇率升降。其中也包括在游戏时用什么战术最好。现在有了5G网，虚拟伴游能够给几十种游戏的玩家做参谋。但是对于老玩家来说，这种新服务等于作弊。

虚拟伴游提供了几十个马甲供用户选择。每个马甲最初都没有名字，由用户随机给它起名，使用最多的那个就成为这个马甲的名字。“阿辉”这个普普通通，湖广一带男性常用的名字，就这样成为虚拟伴游中最流行的名字。它的形象是个三十岁的男性，不仅有固定的面孔，还有固定的服装。

即使报案人在讲胡话，她们也必须调看现场监控。两个人带着报案人来到小区物业，找到他们的监控视频。过程和报案人说的没什么区别，他正在街头边走边玩手机，旁边突然蹿出一个人，抄起小摊上的塑料椅子就向他砸过去，打完就跑进人群。

作案过程简单，但那个人的形象可不简单。“天啊，真像阿辉，不会是在玩cosplay吧？”此时，女警员已经从手机上找到了阿辉的形象，虽然没有游戏形象那么夸张，也明显不同于正常人的穿着打扮。

女同学转身问马晓寒，却发现她望着监控，若有所思。

◆ ◆ ◆

手术顺利完成，江志伟日夜陪在杨真床前，端水送饭，嘘寒问暖，但是再无非分之举，比第一次见面还要拘束。

杨真康复得非常快，牟芳带她到北大医院复检，医学专家都认为超过了显微外科的平均水平。“样机过检那天，记得给我报酬哦。”杨真再次见到江志伟，和他开起了玩笑。

“一定一定。”江志伟频频点头，客气得像是刚认识杨真。回复如此郑重，让她觉得很没趣，朝着他离去的背影狠狠瞪了一下。

杨真销了假，回调查处上班。偶尔她还要到“妙手智能”复查一下手指，再看看样机做了哪些改进，但是不再和江志伟多说半句。到了晚上，杨真也不想回那个家。没了陪伴的人，它就只是一套旧房子。

全球科技大赛首战告捷，卢红雅又组织了第二场。这次比赛地点居然是一个酒庄——法国吕萨吕斯酒堡的中国分号。所以，现场观众里不光有科技大佬，更有政商文娱各界名流，每个人都按照酒会的要求进行着装。这是卢红雅和肖毅想要的气氛，在这种氛围里，有助于让来者消除彼此间的隔膜，畅所欲言。

柔和的光线下，十名来自世界各地的品酒师来到表演场地。工作人员给他们戴上眼罩，让他们看不见品评的对象。然后，十瓶来自法国勃艮第的红酒开了封，依次倒入酒杯，分别端到他们面前。这些酒产地相同，只是年份不一。

品酒师接过来，轻轻地把酒含在嘴里，用舌头品咂良久，然后再把酒吐到工作人员端着的漱口杯里！是的，他们不会喝下这些酒，甚至，优秀的品酒师平时滴酒不沾。靠着严格的生活约束，他们能区别出几千种香味。

每次品尝过后，他们就用手指在平板电脑上写下一个分数。最后，1990年份的酒成为冠军。

然而，比赛的选手并不是他们。接下来，五名程序员抱着笔记本走上场地，每个人都来自一家计算机公司，他们的电脑也要来比试一下品酒的水平！

用试管蘸一滴酒送入某种香型检测仪？技术暂时还没有发展到这种水平。五名程序员打开电脑，主持人报出一串枯燥的数字——某年份的酒来自哪种葡萄原料，它们播种和收获的时间，施肥打药的情况，诸如此类。这些数据都输入电脑后，品酒程序开始报出它们的评分。然后，主持人再报出另一个年份藏酒的相应数据。

十个年份的数据都输入电脑，五个品酒程序全部认定，1990年份的勃艮地红酒口味最好！是的，电脑程序还不能区别香味，但用这种间接的方法，它们得出了高度类似于人类品酒师的结论。

不过，作为比赛，五个程序在第一轮没分出胜负。接下来，主办方又分别用白酒、伏特加等作为品评对象。每次都是先让品酒师集体评定，然后再输出一串干巴巴的数据。最后，一家韩国公司的程序获得了冠军，每次它都和人类的判断保持一致。

“怎么是他们？韩国人哪懂这些酒。”

“这到底是什么技术？”

“又一个职业要消失了？”

“现在是AI能品酒，将来会不会只有AI在喝酒？”

AI是这场比赛真正的选手。这些品酒程序记录下最近十年所有品酒活动的结果，同时还有酿酒原料生产过程中几十项相关数据：气候情况、水肥管理、运输状况、加工过程等。好酒和这些客观因素之间有什么关系？人类品酒师不知道，也不需要知道，大数据却知道。酒的口味不是它们尝出来的，而是算出来的。

杨真穿着晚礼服，和肖亚雯坐在一起。经过品评的各种酒水也会端到观众面前。姐妹二人边喝，边看，边聊家常。忽然，杨真的手机响了。

“哦，是你啊……嗯嗯，我有时间……好的，我就来。”

杨真把手机放到包里，急急地对肖亚雯说：“你告诉爸妈，我有事，这里的晚宴就不参加了。”

杨真刚站起来，胳膊被肖亚雯一把拉住。“是那个江志伟打来的吧？”

“嗯……”

“姐提醒你一句，就是想答应也别太快，要端端咱们女人的架子。”

“什么呀，我都不知道他叫我去做什么。”

◆ ◆ ◆

杨真匆匆开车回到老宅，江志伟已经等在门口，看到杨真，先是吃了一惊。杨真穿着晚礼服，精致地化了妆，不仅端庄大方，甚至有些雍容华贵。杨真才挣了几年工资，这么贵重的晚礼服，她是朝母亲借的。

“这位先生，我是杨真的妹妹，请问你是？”

“唔……”

“哈哈哈哈。”看到江志伟真的愣了一下，杨真笑弯了腰。

进门后刚坐好，江志伟便拿出离婚证，放到茶几上，一张口，仿佛搬掉了成吨的重负：“我的麻烦解决了，现在有资格说爱你啦！”

杨真望着桌子上的离婚证，没去碰，像是怕触电：“你……这是什么时候的事？”

“今天下午才办完。”江志伟激动地握住杨真的手抚摸着，尤其是那两根差点为他牺牲的手指。好半天，他才意识到杨真并没有热切地回应，只是任由他抓着自己的手。

“我不能让别人喊你‘小三’，所以我要先处理好自己的事，再……再……”

杨真没出声。显然，这个变化大大出乎她的意料，她还没准备好。

江志伟立刻汗流浃背。是的，杨真为保护他负过伤，为成全他的事业不惜冒着残疾的风险。但这又能说明什么？她没说过爱他，更没说过要嫁给他。杨真这么自立的女人，可能根本没把这些当成多重要的事。

她这么久都还单身，也许根本就不想结婚？

或者，她虽然有点动情，但是会嫌弃自己二婚的身份？

从头到尾，他都是自作多情？

在这段尴尬的沉默中，江志伟心里七上八下。最后他暗自咬牙。好吧，即使真是这样，那也没什么！他松开杨真的手，强自镇定："其实，就算没有你出现在我的生活中，婚也要离，我已经不可能再和她过下去……"

"不说这些了，你还没吃吧？一起做饭去！"

杨真说完就站起来，带着江志伟走进厨房。他们像以前那样肩并肩忙碌起来，你让我递一根葱，我给你送一把铲，默契得像一对老夫老妻。不一会儿饭菜上桌，两人各守一端，默默地吃着。杨真不开口，江志伟也不敢再提什么。

"你研究算法，线性代数一定不错啰？"没想到杨真一张嘴，竟然是这么句话。

"啊……那是我们专业的基础课。"

“大学时这一科我没学好，勉强过关。你帮我补习怎么样？”

江志伟事先再怎么推测，也无法想到杨真会提这种要求。她是认真的吗？这真不是个玩笑吗？

桌子对面，杨真还在解释自己的要求：“这门知识工作中要用，我很想回回炉，但是一忙起来总静不下心，要有个人督促才行。”

“你不是犯罪心理学专业吗？现在这门工作也需要线性代数？”

“需要啊，我得了解很多领域的前沿科技，得去啃那些论文专著，遇到什么‘相似矩阵’‘线性变换’之类的我就搞不懂……咳，你到底教不教？”

“教教教，当然教啦……”

突然，杨真扔掉碗筷，转过来扑到江志伟的怀里。这这这……难道是因为我答应她讲线性代数？肯定不是。但这是为什么？江志伟局促地抱着杨真。

这只是杨真的家风。她还在高中时，妈妈就向她请教各种知识。考入大学后，卢红雅更是把她当成不花钱的老师。遇到不懂的科学难题先问女儿，她如果回答不了再去咨询别人。既然丈夫嫌自己无知，那就多从女儿这里学吧。

现在，母亲和肖毅组成了新家庭，那家人更是互教互学的典范。别家的年轻人发怵去看望老人，一个重要原因就是老年人思想守旧，知识贫乏，年轻人不得不装着尊重他们，坐在一起非常尴尬。

这家人是罕见的例外，下一代都喜欢去肖毅和卢红雅那里坐坐，每次都能从他们那里学到新东西。两位长辈也会随时向儿女们请教。一家人互教互学，早就成了习惯。

所以，杨真开口让江志伟来做免费的老师，就是已经把他接纳为家人。很久以后，江志伟才明白这一点。

“你这个坏家伙，居然搞突然袭击，我都不知道给别人当老婆该做些什么。”杨真干脆坐到江志伟的双腿上，锤起他的胸口。

胸中涌上一股热流，嘴里升起一丝甜蜜，面前出现一片光彩，江志伟仿佛在经历开悟般的神圣时刻，全身上下每个细胞都在激动。他好不容易克制住兴奋，低下头，抚摸着怀中人的鼻梁、眼眶、耳朵……

“你不是给别人当妻子，是给我，做我的老婆一点不难。”

杨真近距离地凝望着他的眼睛：“这我相信，不过，难的是我要给妈妈和肖老师讲……”

听到这里，江志伟叹了口气：“唉，这确实是个难题。我是二婚……”

◆ ◆ ◆

终身大事！

这四个字在杨真心里转了好半天，她忐忑不安，犹豫再三，还是决定先单独向母亲汇报。听到江志伟的名字，卢红雅并不意外。看到女儿手上的伤口时，她就预感到会有这一天。

“告诉我，你究竟爱上他什么？”

爱上了什么？江志伟有抱负，工作认真踏实，成绩突出，还懂得搞科学要对社会负责。对对对，他还很懂感情，擅长交流，在理工男群体中算是极有人味的那种。杨真掰起手指数着江志伟的优点。

卢红雅见过江志伟几次，这些印象和女儿讲的差不多。江志伟确实是出色的科研人员，但是这些品质和做个好丈夫没什么关系。

“闺女，我单独和他谈谈可以吗？”

“嗯……唔……”

“你的事最终由你决定，不过，妈妈多少有些教训可以帮到你。到时候你先别在场，我单独和他谈。”

就这样，江志伟规规矩矩地坐在肖毅的书房里，面对着未来的岳父岳母。他们中任何一个人在他眼里都是科学界的天王巨星。现在要娶他们的女儿，简直如同驸马上门。

“肖老师，您写的行为科学专著，我每本都看过。”江志伟一边说一边下意识地用手搓着裤腿。

“希望能对你有帮助。”

“当然有，太有帮助了。机器人学就是研究感知与行动之间智能连接的科学，所以您瞧，我们必须借鉴人类反射弧的知识。”

一谈到专业，江志伟算是镇静下来。肖毅也看出这一点，于是接过话头，开始和江志伟谈论“位姿”“角轴”“串连链”“关节运动学”这些术语。机器人技术就是对人类行为的模拟，他们很容易找到话题。

气氛放松之后，话题还是要从机器人回到人。因为离过婚，江志伟必须先交代清楚这是为什么。他把离婚理由归结于性格不合、生活理想冲突，特别是在教育孩子的问题上，双方分歧很大。

“离婚前，你和她分居了吗？”卢红雅单刀直入地问。

“唔……我们貌合神离已经很久了。”

“我说的分居，是指实际上分开居住。每个人都有优点，也有缺点。夫妻在一起时免不了多看对方的缺点，分开后又会想念对方的长处。这叫……这叫什么来着？”卢红雅转身问肖毅。

“趋避冲突，心理学家勒温总结的三种动机冲突之一。”肖毅做了回答。杨真不是亲生女儿，这次相女婿，他只需要充当顾问的角色。

“对，趋避冲突。如果你没有真正和她分居过，也许以后你会慢慢想到她的好处，后悔离婚。”

“这个我保证不会……”江志伟刚说完，脸就涨红了，仿佛自己在说谎，“我是说……我会保证对杨真的承诺……”

江志伟越说越心虚，好在卢红雅没有深究：“我希望在离婚前，把麻烦都处理干净。将来杨真和你生活在一起，如果你的前妻经常跑过来闹事，为了孩子或者财产纠缠不清，那可是你的责任。”

江志伟坚决地说：“您说得对，是男人就要负责任。我把这些事都处理好才敢向杨真开口。”

这次卢红雅头都没点，转向另外一个问题：“听说你的老家在农村？”

江志伟告诉他们，自己的老家在河北农村，家里除了他考上了大学，其他人都在老家务农。

卢红雅点点头：“我不讲门当户对。可如果杨真和你结婚，就要和你的家人相处……农村里很多风俗她都不知道，将来也未必能适应。你得保证，在这方面不能太为难她。”

“没问题……到时我关照亲戚们就是。”

就这样，一直是卢红雅问，江志伟答。直到最后，卢红雅才松了口。

杨真一直守在别墅楼下的客厅里，忐忑不安地等着江志伟。看到三个人走出二层书房，杨真立刻沿着楼梯迎上来。

“妈妈，您老的判决书下了吗？”

“少贫嘴，你决定的事我能管得了？”卢红雅拧了拧杨真的鼻子，“我只是多嘱咐了他几句。”

第二章　磁暴狂

“中介吗？房子我不租了，谢谢。”

关上手机，杨真望着卧室，心里升起百般甜蜜。她刚在遗产文件上签字时，这只是一幢旧房、一处凶宅。现在却要成为她的家了——新家。

想起相识多年的李宵，杨真朝着空气抱了抱拳。对不起了小兄弟，谁叫你一直不开口。转过来，杨真又想到自己那班老同学。唉，被她们说了个正着，真要嫁给二婚老男人了。怎么办？哼，大不了以后不见她们了。

就这样，从接受江志伟的求爱那天起，杨真仿佛换了个人。

离婚时，江志伟把夫妻共有的房子给了宋秀兰，自己住进公司办公室。离得近，空闲时他就来杨真的家。他们不用像初婚男女那样一次性置备婚房，而是一点点建设这个家。今天买一台蓝牙悬浮音箱，明天买一台加湿器，后天再来一个分子电蒸锅。两个科技迷商量好，一人买一件，把它们慢慢投入这口爱情小熔炉当中。

肖亚雯见到未来的妹夫，第一件事就是嫌弃他的体形：“你才四十岁，啤酒肚就出来了？”

“啊……他也没那么夸张啦。”杨真忙替江志伟打着圆场。

一旁，肖亚雯的男朋友许彦波给他们讲了段往事。当初他求婚时，肖亚雯二话不说，拉出酒店客房的人体称就给他测体重，让他先到健身房减二十斤，才能答应他的求爱。现在，许彦波得意地拍拍自己的腹肌：“兄弟，其实没什么啦，又不是让咱们上刀山下火海。”

“那个……他是在酒店里向你求的婚？”杨真狡猾地问肖亚雯，“这件事的先后顺序我听着有点乱哈，进酒店的时候，你没在乎他的体重？”

“一点都不乱，要求不一样嘛！”肖亚雯显得满不在乎，“想进我们家的门，颜值什么的也就算了，身体绝对不能差，你们都知道我爸什么体格。”

肖亚雯二话没说，拿出平板电脑，戳戳点点，三两下就给江志伟设计了一个减肥计划，还给他指定好健身场所：“怎么样，能坚持吗？”

“没问题，再怎么说，我也算五道口体育学院毕业的。”

肖亚雯和许彦波一听，笑得前仰后合，杨真却不知道他们抓到了什么梗：“你怎么读过体育学院？”

干姐姐忍住笑，开始给杨真解释。清华大学的校风里有一条，就是学生们喜欢运动。清华学生经常在各种校际运动会上夺冠，学校又位于北京海淀区五道口，所以就得到这么个绰号。

“雯雯姐，你这样不会吓到他吧？”在肖亚雯的闺房里，杨真担心地问道。

“妹子，在这方面别心疼他们。这些理工男平时宅得很，不给点压力，几年就能圆成气球。再说，古人云，教夫初来，教子婴孩。”

“古人还说过这个？我读书少，你可别骗我。”

家里有个读书多的母亲，杨真就拿这句话去咨询：“嗯……原话是‘教妇初来，教儿婴孩’，北齐《颜氏家训》里面的话。你怎么突然想起这句啦？”卢红雅很纳闷。

杨真没回答，捂着嘴一边乐去了。

牟芳没有肖亚雯那么能玩，但是在居家过日子方面，她是绝对的行家，并且和肖亚霆一样也是技术迷，喜欢摆弄有点科技含量的新产品。什么智能家电、扫地机器人之类，都是她尝鲜的对象。听说杨真开始谈恋爱了，牟芳把一个小盒子送给杨真。

“喏，我送你的礼物，将来会用得到。”

那是胎心监护仪，贴在孕妇肚皮上，可以通过手机监测胎儿活动。“这个……这么贵，我只能用一次……”

“拿着吧，现在你想用两次也不违反政策啊。”

一天晚上，江志伟带来一束含苞待放的金属花。“浪漫一下还是必要的。”江志伟把花摆好，取了杯热水浇上去，这束金属牡丹立刻绽放开来。

“哇，这是什么原理？”杨真被奇观一惊，变成了小女孩。

“记忆合金……你知道这是什么吧？”

杨真当然知道什么是记忆合金，以前在科普展览上也见过展示品，没想到已经变成了这么精致的商品。既然两人爱好相同，他们就开始搜集各种科技风的摆件。磁悬浮地球仪、磁性混沌摆、3D视觉灯，还有可以合法购买的三级化石。

有一天，江志伟拿着手机给杨真看一个商品展示画面："我很喜欢它，但是摆在家里，你会不会讨厌？"

那是一艘飞船模型，获得过全国飞船创意设计大赛特等奖。不过那不是科技大赛，而是家装比赛，产品专门给喜欢科技风的年轻人准备。"宇宙人"事件后，沉寂很久的宇航文化爆发出来，人们设计出各种宇航风格的装饰品，这便是其中之一。

"我会讨厌人，不会讨厌物。"杨真挥手通过。

就这样，没过多久，空旷的房子就被填得满满的。"我有自己的家了？看来成家也并不是那么可怕。"望着温馨的屋子，杨真还是感觉有点儿恍惚。她不知道，卢红雅和肖毅叮嘱过身边每个亲人，一定要想方设法让她感觉到婚姻不是件可怕的事。

终于，杨真可以自信地邀请同事来家里聚会："各位，本单身狗下班后也可以和你们有家一族混啦！"

接到邀请，同事们找了个周末，集体拜访杨真的新居。一进门，客人们就开了眼。投影灯打出满天星光，屋子里充满了梦幻感觉。

"这是你家还是科技馆啊？"迟健民又惊叹又羡慕，他还不知道家庭可以布置成这样。

“她一定很将就你。”蔡静茹在江志伟面前评论着那些摆件。

“为什么？”

“这都是女生买给男生的……”

“哪儿啊，也有很多是他给我买的。”杨真赶忙亮出手上的戒指，黝黑的颜色，看不出是什么材质。原来那是一块通用磁环，可以在二十个城市当公交卡使用。江志伟有不少同学供职于各大科技公司，他淘了不少新东西送给杨真。

“总之你得小心，我们都是她娘家人，你要对不起她，哼哼！”杜丽霞叉着腰，故作严肃地对江志伟说道。

“不敢不敢。”江志伟装作委屈的样子，把客人们逗笑了。

“瞧你们，就知道吓唬人家。”韩悦宾搂着江志伟的肩膀，拉着他坐到沙发上，做出不见外的表情，“妹夫啊，我知道你是机器人专家，我有个设计上的难题想请你参谋，是有关无人机阵列的。”

“没问题……”

“什么没问题。”江志伟的声音还没落，就被杨真打断了，“大韩，你想白使唤人？”

“那当然啦。”韩悦宾站起来，夸张地冲着同事们挤挤眼睛，“娘家人还不能有点优惠吗？”

“对对，必须的！”江志伟转了一圈，向客人们抱拳拱手。

不到五十平方米的房子，塞进这么多人显得很拥挤，但也显得更为亲近。江志伟专门请朋友按照私人影院标准给房间做过隔音，他们可以尽情喧闹，不用怕吵到邻居。闹到半截，杨真忽然接到梁处长的电话。

“江志伟先生明天有没有时间？如果方便，请他到我们处里来一下！”

◆ ◆ ◆

领导侦破刑事案件二十四起，参与逮捕犯罪嫌疑人一百六十一人，亲手抓获两名杀人犯，荣立二等功两次，获市局嘉奖七次……

这些业绩都写在刑侦队长彭建军档案里，谱写它们花费了二十五年时间。抓过的犯罪嫌疑人不是抢劫、盗窃，就是强奸、杀人。开始那些案子侦查起来还有新鲜感，时间长了，彭建军就觉得仿佛什么地方藏着一条流水线，制造出千篇一律的刑事犯，再由他们警员去回收。

到后来，彭建军一翻案情汇报，就能想象出嫌犯大概什么德行。据说这叫犯罪心理画像，也许吧，不用专家，常干这一行就会有经验，犯罪分子行为都差不多。

再后来，由于监控的普及，这类真刀真枪的案子也少了。最近几年，彭建军遇到了另外一群犯罪分子。他们没有文身和伤疤，走在街头也没有他所熟悉的痞气。这些人安静地坐在电脑前，犯罪案值却令他咋舌。也许，二十五年职业生涯里抓过的全部盗窃犯，犯罪数额加起来都不如一起网络诈骗案。

是的，网络才是今天最要命的地方，彭建军开始形成这种看法。

这种案情还没有熟悉，彭建军又开始接触另一类网络案件，比如今天这起。它的现场位于一幢老式居民楼。一个三十出头的男子连续上网五天四夜，心力衰竭，暴病猝死。现场刚清理完，地板上画着拓形，显示着死者最后的体位。屋里陈设极为简单，电脑桌外只有一张床、一只电饭锅和一堆食品袋。霉气充满小屋，令人作呕。

由于心跳骤停，这个人直接从椅子上滑倒在地，生命旅途就此终结。屋里没找到救心丸之类的药物，显然，死者并不知道自己的身体早就衰老于实际年龄。

桌上摆着PF-5式电脑，主机小巧玲珑，显示器却非常大。作为交流界面，显示器几乎是电脑配件中唯一不随技术进步而缩小的部分。这台超薄液晶显示器上被砸出一些裂纹，其中最大的两条呈十字交叉，像是两张封条贴在上面。

“纯粹网虫一条！玩到连命都不要了。”当地派出所所长指着电脑，语带嘲讽。就在这时，彭建军闻到一股浓重的臊味，四外一找，臊味来自墙角的垃圾堆，里面有几块白花花的东西。

“你瞅，纸尿裤。这些人犯起网瘾，连卫生间都懒得去。”

彭建军忍住恶心，仿佛看到死者从成年人一点点退化成婴儿。手机上网已经普及，但是这种资深网虫还是要看电脑屏幕才过瘾。死者名叫冯源，在家里从事广告创意设计。他通过网络接收订单，再通过网络发送成品，最后在网上收钱，从头到尾不必路过现实世界。

“这是什么？VR？”彭建军看到电脑桌上摆着一只头盔。

“沉浸式头盔，游戏专用，只在打特定游戏时……”一名年轻警察走过来，看看头盔上面网讯公司的LOGO，“没错，就是他们的独家产品，玩网讯的游戏才用得上。”

“看来你平时没少打？”

年轻警察挠挠头皮，跑到一边干活去了。这些年轻人号称“网络原住民”，从懂事起就会上网，要是没打过游戏反而算异类了。

死者的银行记录显示，他的业务时断时续，已经很长时间没有收入了，坐吃山空。现场无作案痕迹：“队长，这是一起普通的自然死亡，您为什么大驾光临？”负责勘验的派出所所长问道。

“是啊，自然死亡，只是最近这种死亡有点多。”

长时间上网导致猝死，这已经不算新鲜事。可在这座城市里，最近半年连续发生几起，而且频率越来越快。“你是‘85后’吧？现在年轻人都玩什么游戏？”

“队长，我是爱玩游戏，不过要说玩到这个程度……”

派出所所长指指垃圾堆，已经摊满大半个房间，“而且，能活在这种地方，真让人无法想象。”

“给电脑做个复原，看看他在玩什么。”

“技术上没问题，只是……您要了解什么？”

是啊，按照常理，这里面没有案子。但是彭建军很想知道，是不是某种新游戏的吸引力过强，导致猝死频发。在没有网络的时代，麻将牌桌上就经常有人猝死。

不过就算找到关联，他又能怎么办？没有哪条法律要求游戏开发商赔偿这样的死者。

“如果他当时就死亡，这又是谁砸的？”彭建军指指显示器上的裂纹。

“他老婆干的，因为长期上网，不管老婆孩子，两人分居很久。这两天家里有事，她联系不上死者，才跑到这里。发现丈夫死去后，第一反应就是气得砸屏幕。”

派出所所长指指窗外的警车，一名女警正在给一个女人做笔录。“她说，她丈夫早就死了。人虽然活着，心死了。这房子是他租的，就是要躲开老婆孩子，不受干扰地上网。”

如果不是单独居住，死者病发时至少会得到抢救。想到这里，彭建军更坚定了自己的想法，需要有人为这种事负责。

“麻烦兄弟们翻翻他的浏览记录，看看哪些网站他光顾得最勤。”

◆ ◆ ◆

“祝贺你啊，事业爱情双丰收。”

梁文博给杨真和江志伟倒上水，对部下开着玩笑。现在她远不是两人刚见面时那样满面颓色，幸福写在脸上。“我希望你精神状态好，工作才能更出色。”

寒暄几句，梁文博进入正题。他摁下遥控器，窗帘自动遮下，投影出现在对面墙壁上，正是一年前许清扬在军方测试“大狗”的场面。

“这个家伙你们都看到了，最新的察打一体战场机器人，三分之一指标超过美军同类产品。可是，它们不是胚种的对手！”

江志伟局促地调整着坐姿，不知道梁处长这是什么意思。“依我看，它们完成任务还算顺利吧？”

“那只是因为我们搞了突然袭击。”

看得出，梁文博高度欣赏江志伟。“大狗”的存在是军事机密，胚种就是联上网，也找不到它的信息，结果一碰面才会吃亏。但是它们有着惊人的学习能力，如果相持几天，几月，几十次，胚种绝对会占上风。

“胚种案”爆发后，许清扬带领特种部队全面接管现场，查获的实物和资料都保存在军方。即使以前一直负责接受非法知识产权的迟健民，这次也只能从旁协助。梁文博告诉他们，军方科研人员全面检验了“胚种案”中的非法科研成果，非常有兴趣。

“两弹一星、航母潜艇，这些都是大国重器，真正上战场的可能性其实不大，但是反恐战斗每天都有可能发生。你这种新型机器人能分辨环境中的电子设备，并予以破坏，是反恐战斗中的利器。”

江志伟陷入沉思，他还没有从军事角度考虑过胚种的价值。对面，梁文博继续说道：“我们这代人都是听着董存瑞、邱少云的故事长大。英烈精神值得传承，但在未来战场上，能给我一百台机器人代替军人牺牲，我肯定不会犹豫，所以军方已经决定成立研究小组，让战场机器人拥有自主学习功能。江先生在这个领域已经领先全球，现在我想邀请你参加这个研究小组！”

江志伟还没有反应，杨真兴奋起来，禁不住轻推江志伟的胳膊：“太好了，这是你的好机会！”

江志伟按下杨真的手，犹豫片刻才回答：“不过，这可是一种武器，我还没有思想准备去研究一款武器。”

杨真不说话了。如果江志伟坚持不接受，她该怎么办？她要代表领导对他做动员吗？研制杀人武器，这可是触及价值观的大事，不是每个科技工作者都能接受。她应该要他放弃原有的三观吗？

甚至，如果江志伟坚持不配合，他们还能像现在这样相处下去吗？

还好，梁文博并没有让杨真为难，直接对江志伟说着自己的意见：“我知道，国际上对于将机器人投入作战的反对声音很大。但是你们这种技术用于战场，目标并不是杀人！”

梁文博通过一个CG短片展示了课题组的研究方案。原来，军方是看中“胚种”见什么拆什么的特点。

如今的作战机器人还需要人类士兵遥控，他们虽然不直接交火，仍然要抵近前线，危险很大。如果在未来的战争中，直接向敌军阵地空投几百上千台“胚种”，让它们自行破坏敌人的作战车辆、发电设备、通信装置、数控火炮，那么无论装备多么先进的对手，最后都只能剩下随身轻武器。

至于反恐行动，胚种的用途就更大了。在这种战斗里，活捉敌人比击毙敌人重要得多。但是恐怖分子穷凶极恶，不惜性命，活捉的难度相当大。

“所以，我们邀请你不是要研发杀人武器，而是研发武器的天敌！”

看完短片，听清解释，江志伟终于站起来，握住梁文博的手：“处长，感谢你的信任，这个任务我接了！”他只提了一个要求，就是能不能以“妙手智能公司”的名义参加研发，即使他个人服务于军方，也需要带上几个助手。

这件事在梁文博的权限之内，他答应了江志伟，又给这位专家讲了具体程序。江志伟会以顾问身份进入项目组，不用全部时间都在里面工作，平时还可以经营自己的公司。但要保证随请随到，并且一定要遵守保密规程。至于顾问费，远比不上江志伟在自己公司里做项目的收入，但是“顾问”这个身份更为重要。

“如果你决定进组，你们的小爱巢暂时也不能再去住，我们要给你提供规格很高的安保措施。”

“比科学1000人还严格吗？”杨真问道。

“还要严格，科学1000人里面很多专家不涉机密，这个课题组的密级高得多。所以，你们这段时间可能会聚少离多。当然，这对杨真也有一个好处，你不用担心他背着你干什么，我们那么多双眼睛盯着他呢。”

回到家，杨真一下子蹿到江志伟的背上。这位机器人专家个头有一米八，杨真个子矮，没人的时候不是往他的背上蹿，就是往他的腿上骑，活像是一只小猫。

“大叔，我爱死你啦。刚才无论你是拒绝还是接受，都让我更爱你！”

两人之间确实差了几岁，但也没这么悬殊，这是杨真的戏语。

“今天我做饭，我伺候你。”杨真把江志伟按在沙发上，跑到厨房里忙碌起来。一边切菜一边纳闷：“为什么我这样在意他的前程？难道，这就是为人妻子的感觉？”

◆ ◆ ◆

拿下“胚种案”，调查处打了翻身仗。接下来还有哪些隐蔽案件需要调查？组长们又坐在一起开碰头会。

史青峰这次不再提情色机器人，而是建议去调查一种性别选择药物，据说能以百分之九十的高比例杀死含有X染色体的精子，保证孕妇生男孩。

“据我所知，那家公司在孟加拉国做过临床实验，效果明显。他们的在华分公司准备用直销方式绕开监管，卖到中国农村地区。那里的人封建意识浓厚，买家多。”

韩悦宾提议收缴那些从各国情报机构里扩散到民间的监听系统，许多商业机构甚至个人偷偷用它们窃取隐私，地下工厂则将其规模投产，秘密上市。

迟健民提出调查一种被称为“内置性溶血剂”的新型兴奋剂，它可以使人短时间内激发工作精力，但是却提高了猝死率。

虽然调查处屡屡在高科技领域建功，但是龙剑仍然不在意这些前沿科技，他更关注成熟技术中的犯罪问题。他现在正和其他部门一起调查医疗器械公司的行贿案，涉案金额可能有数亿之多。

“你们说的这些都还没上市，或者不会公开上市。有个很早就广为人知的技术弊端，我们是不是也关注一下？”讲话的是蔡静茹，当年因为在香港从事网络犯罪调查，她比大陆警方更早介入这类实践，所以才被李汉云邀请来调研室。

在蔡静茹以前工作的香港，网络技术比内地先发展得早，各种网络犯罪现象也出现得更早。但这些都不是她今天要讲的重点：“你们可能觉得网瘾只是小孩子的问题，归家长和学校管，更算不上什么高科技。但我觉得，这是错觉，是我们观察问题的角度出了问题。”

蔡静茹给同事们放了一段录音，内容是游戏公司如何测定游戏的“黏性”，由某个网络公司技术高管辞职后透露给自媒体，在网上公布出来，但是没什么人关注。

要进行这种测试，游戏公司会在被试面前摆上电脑，事先去掉时钟显示，再让他们玩某款游戏。规则是玩十五分钟后自动离线，实验方不做任何提示，完全由被试自己靠估计来掌握时间。

这样，由于游戏的吸引力，被试主动下线的时间往往超过十五分钟，这个超出的量就称为黏性指标。该公司内部有要求，一款游戏的黏性指标不超过十分钟，就说明它不吸引人，退回重做。二十分钟刚合格，需要改进。黏性指标超过半小时，才让游戏合格上线。

迄今为止，黏性指标最大的一款游戏，平均超过35分钟。也就是说，只要被试玩到兴头上，会把50分钟当成15分钟那么短！

“虽然玩游戏不是高科技，但设计出能把人粘在网络上的游戏。那绝对算高科技，而且是绝对有危险的高科技。”

大家都能听出蔡静茹语气中的激动。她也并不避讳，马上分享了自己的一段经历。她有个内地亲戚家的孩子，高考成绩位列全校前十名。大学时开始迷恋网络游戏，毕业后与家庭失联，混迹网吧，一日三餐都在里面解决，困了就缩在电脑椅上睡一觉。他的全部收入都来自游戏代练，只能勉强糊口。

不光事业无成，这个孩子连性命都不在乎。伤风感冒从来不去医院，就那么硬挺着。混到三十岁，因为有一次在网吧里突然昏迷，老板怕出人命才报警。家属把他领回去后送医院检查，发现他的肺已经溃烂过半，之后靠输液维持了半个月，终于不治而亡。

“他死前最后一句话是什么？你们都想象不到。他望着天花板说‘我经历的你们都没经历过，所以一点都不遗憾’。我当时也在场，他眼里没有亲人，没有现实世界，没有对死亡的恐惧。我无法想象他到底沉浸在什么古怪的世界里面。也许作为女人，我和男同事的思维不同，我觉得能让人们妻离子散、家破人亡的技术，就应该列入‘高控’名单。”

“这段录音说的是哪家公司？”迟健民好奇地问。

“还能有谁，全球最大游戏公司——网讯！”

这家公司于20世纪90年代末创办，2000年互联网泡沫崩溃后，网讯逃过大劫。经过一番业务调整，网讯专门开发游戏，发展到今天，无论是游戏种类还是营业额，都已经冠绝全球。当然，它也有很多其他服务。在座各位对它都不陌生，几乎所有人都在网讯注册过某种服务。

“那这个曝光的自媒体又是谁？”迟健民问道。

“是韩津办的那个传媒，你们好久没注意他的事了吧？不管他以前做过什么，这次我觉得他挖得对。”

高科技犯罪调查处要管网络游戏？蔡静茹得不到同事的支持。她有空就把网络游戏的危害讲给一般警员听，寻找支持。有一次，马晓寒听了她的话，就想到自己刚目睹的一起怪案。一个游戏迷打扮成程序中的虚拟形象，袭击另外一个游戏迷。

“后果并不严重，派出所最后按治安事件处罚。不过，人陷到虚拟世界后会表现得这么疯狂，我还是第一次看到。中国网民几个亿，这种事即使千分之一、万分之一，总量都不是小数目，只是没浮出水面。”

至于案件受害者反复声称的“奇点来临”，马晓寒倒并未在意。她知道这是人工智能界的提法，意思是有一天它会失去控制，反噬人类。不，只是简单的治安事件，和什么奇点一毛钱关系都没有。他见识过“胚种案”吗？即使那些横冲直撞、能够设伏偷袭的胚种，最后都没被认定为强人工智能，整个案件仍然按照实验失控来定性。

◆ ◆ ◆

杨真这两天没在单位，她帮江志伟办完担任顾问的各种手续后，将他送上了去某研究所的列车。

送走江志伟，杨真驱车回京。一路上阳光格外好，天空格外蓝。杨真知道这都是心情的作用，是就是吧，她终于找到了对的那个人，她就是要享受这份快乐。

正在这时，蔡静茹的电话打了过来：“小杨，你能挤出点时间吗？”

“能啊，蔡姐有事尽管吩咐。”

“磁暴狂你知道吗？处长要我调查它，但是涉及很多心理学知识，希望你加入我这个调查。”

◆ ◆ ◆

“具体来说，我是要调查黏性技术的危害性。不是针对哪家公司，针对的是这类技术。要知道，国内外游戏公司都在使用它。”

就在昨天，蔡静茹又向梁文博做了单独请示：“在日本，在韩国，把轻度网瘾的人也算上，占到全部网民两成半。如果只算三十岁以下的青年，那要占到四成！这不是一家一户或者一个人的问题，是整整一代人会不会颓废的问题，对国家安全有着重大影响。希望处里能给我必要的支持！”

经过考虑，梁处长同意蔡静茹去调查涉及网络游戏的法律问题。不过目标却不是游戏公司，而是先调查那些专戒网瘾的学校。这是同一问题的两个方面。

“网瘾行为在那里有最集中的表现，你可以先从反面了解情况。”梁处长叮嘱道，“不过，这类场所纠纷很多，你们去调查时不要预设立场，保证客观地收集资料。”

蔡静茹需要找个临时的助手，其他组长和骨干警员对此兴趣不大。网络案件不同于调查处经手的其他案件，其过程没什么秘密，主要是评估游戏开发钻了法律上哪些漏洞。于是，蔡静茹想到了杨真。一来需要她的专业知识，二来杨真现在的手指还没有完全恢复，蔡静茹也想让她做点轻闲的工作。

“麻烦你先看看我收集的材料，做做准备。”杨真回到处里，蔡静茹就安排她进入角色。

磁暴狂？电击学校？这本身就是一起公众事件。它最早曝光于十年前，那时杨真还在读大学本科。她以为这都算是旧闻，没想到这所名为“重生”的戒网学校仍然在运转，每年还有百来名家长把孩子送进去。最近，由于世界卫生组织正式将“网瘾”定义为疾病，引起游戏界强烈反弹，“重生网瘾戒断学校”又回到媒体视野里。

杨真接过材料一看，却不是有关“磁暴狂”的，而是学术刊物上一些与网瘾有关的研究。有的论文认为游戏有利于青少年身心发展，有的认为玩游戏可以提高手眼配合能力，或者矫正视力缺陷，射击动作游戏可以改善学生的空间认知能力。

较大胆的观点认为，可以把知识放在游戏里，让孩子们边玩边学，事半功倍。还有的论文声称，玩游戏的孩子平均智商已经超过普通孩子。更有论文指出，无任何数据表明长期上网的孩子会在课业方面产生缺陷。那些觉得孩子出问题的家长，只是气愤于子女因为玩游戏而不陪伴自己。如果他们经常和孩子一起打游戏，就会减少这种指控。

“蔡姐，这些意见都和你的观点相反吧？”杨真生怕自己理解有误。

“是的，要和黑心的游戏商斗争，就要熟读他们的辩护词。这些公司雇了很多专家为他们辩护。”

至于“磁暴狂”这个绰号，其来历更加传奇。他是一座滨海小城精神病院的院长，名叫张勇信。十几年前开办了一家以让青少年戒网为目标的学校，实际上就是把当地精神病院隔出一半，开辟一种新业务。家长付钱，把子女关在里面，由医生们严密戒备，防止学生外出。

张勇信实施的治疗方法以电击为主，因为给被实施者造成强烈痛苦，被游戏迷贬称为“磁暴狂”。张勇信成为这门生意的开山祖师，戒网学校顶着骂声，从这座海边小城发展到全国各地。作为行业先驱，张勇信到今天还管理着两家医院，总共有一百多名戒网的学生，规模在国内只算中上等。

临行前，梁处长单独把杨真叫去：“蔡组长死的那个远房亲戚，最迷恋几款网讯的游戏，她对这个问题有成见。这次调查你给她当临时助手，要做好平衡，保证调查的客观性。”

“明白！”

第三章　决战网魔

“电脑硬件没问题，但是浏览记录一片空白。”网警脸上露出难以置信的表情，“死者死前就像是呆坐在屏幕前什么都没干。不仅没有上网记录，甚至没有操作记录。”

“难道他删改完浏览记录才死的？”在彭建军看来，这是唯一的答案，但是无法置信。

“除非巧到极点，他刚删除完就发生猝死，否则总会留下一两步操作记录。”

“这样吧，你再全面检查一下硬盘，我去问问他的老婆。”

死者的妻子躺在公安医院病房里，由女警员保护着。与刚发现丈夫尸体时相比，她的脸色已经平静了许多。看到彭建军来问话，一肚子苦水终于有地方倾诉。她开始回忆与丈夫相识、相爱又分居的全过程。

“您说这叫什么事！如果他爱上别的女人，我还能抱怨。可这算什么……我要和一台电脑争风吃醋吗？他还真不如迷上打麻将，那毕竟是在和真人玩游戏。”

“事情发生后，你有没有改动过他的电脑记录？”彭建军听着听着，冷不丁插了一句。

“改记录？我哪会啊……怎么，有人动过他的电脑？那个烂地方根本没人去，熏都能把人熏出来。”

彭建军回到局里，网警把准确的分析结果告诉他。冯源生前连续上网五天四夜，但是至少有二十个小时的操作记录完全被删除，“应该是有人通过网络进行了远程操作！二十个小时，他哪怕上过一个网站，浏览器都会留下Cookies记录，但是硬盘里完全找不到，缓冲区的深层记录也被删除。”

这里面已经有几分犯罪的气息，彭建军眯起眼睛望着屏幕：“二十个小时，准确吗？”

“准确，超过二十个小时的记录都还在。”

冯源房间里的种种迹象表明，死者确实在电脑桌前坐了那么久。法医尸检也支持这个推断，死者的胃已经排空，死前至少三顿没吃东西，但是似乎根本不觉得饿。

什么记录都没留下，反而是最大疑点。说不定冯源租那间屋子是在干黑客勾当。可是如果有人远程操作，对方肯定要在冯源死后进行。那个人如何知道他出了事？摄像头没开，冯源也不大可能在死前发出任何呼救。

“彭队长，您干吗盯这个案子？冯源确定无疑是猝死。”网警问道。

彭建军没回答。是的，这起死亡案已经定性，但是同类案件连番出现，这才是问题！

◆ ◆ ◆

十年前，一部名叫《决战网魔》的电视片让张勇信的重生学校全国闻名。今天，他还是电视片中那副似笑非笑的模样，完全不符合网络上嗜血狂魔的文字形象。当年，杨真听同学们聊起过此人的事。至于电视片，她也曾经在网络上看过几眼，并未关注。

听说公安部来人调查，张勇信放下一切事务，出门恭候。虽然在网上经历多年指责，但是他在法律层面从未惹过麻烦，加上一些力量在强烈支持，重生学校坚持到了今天。

两个客人走进接待室，书架上摆着张勇信的专著：《戒治网瘾重塑性格》《网络成瘾综合戒治》《网络游戏成瘾患者行为学研究》。书名都很富专业色彩。当年那部电视片还在墙壁屏幕上循环播放，给付款的家长们增加信心。由于深陷舆论中心，这十年不再有媒体来采访他。

按照要求，张勇信向来人介绍了他们鉴定网瘾的方法。基本都是问卷调查，包括1994年费舍尔编制的问卷，1995年格里菲斯编制的问卷，2002年特黑罗编制的问卷。唯一的中文原创问卷来自台湾，由陈明辅医生在2004年编制。

杨真接过问卷，每样都翻了几份测评记录。“您可以看，但是不能拍照。这些学员如果未涉案，我们有责任保护他们的隐私。”张勇信特意提醒道。

杨真点点头，这次不是涉案调查，她们确实不可以取证：“我想再看看您的治疗仪。”这是网上被人诟病最多的问题。张勇信带着她们走进治疗区，今天无人治疗，杨真上上下下地检查了那台令人谈之色变的电击仪。

“电量有多大？”

“唔……30毫安。”

“事先注射肌肉松弛剂吗？”

“这个……没有。”

“改良后的电击治疗不是都要先给病人麻醉吗？”

张勇信知道今天遇到了行家，随便讲几句过不了关：“那种新型电击疗法，可能会对我们的病人无效。”

杨真没再问什么，又去查看其他设备。专业问题蔡静茹插不上话，便给现场拍照，尤其是各种仪器的型号，性能标牌等，一一摄录完毕。

看完医疗设备，她们又去调查学校的规章制度。在这里，所有病人通称“学友”，墙上贴着他们的名字。张勇信开列出78条规定，学友如果违反某条，并被家长委员会或者其他人举报，名字上就放一枚小黑旗，积累五次以上就实施一次电击。

规定中包含着一些通常的行为要求，比如按时起床、不乱扔垃圾、不打架斗殴。其中也包括“严禁讨论电子游戏内容”“严禁为电子游戏的罪恶辩护”等。戒网学校自然不许上网，学友们茶余饭后不免偷偷分享游戏心得，过过嘴瘾。担心这样会让他们留恋沉迷于游戏的日子，这类谈话都被严厉禁止。

78条里面还有一些奇怪的规定，比如“禁止哄骗家长试图提前回家”。张勇信解释说，这些孩子类似赌徒，嘴里没实话，经常利用家长的软弱，闹着提前离校。

她们路过操场，只见全体“学友”身着迷彩，正在军训，人数明显不如电视片里那么多。这几年戒网学校的生意不如当年红火，当年主要是孩子上网，家长看不惯。现在从十七岁到七十岁，人人抱着手机不松手，把长期上网看成病态的家长越来越少。

他们又走进学习区，只见墙壁上贴满了毕业“学友”的感谢信和忏悔书，还有他们向家长忏悔的照片。是的，家长是这里的上帝，学校费用都靠他们支撑，运转的目标就是让他们满意。

转眼到了下午四点，蔡静茹表示先结束今天的调查，准备返回当地公安局招待所。她们要在那里住几天，这期间会反复过来核实情况。张勇信请客人留下吃晚饭，被她们谢绝了。

两人还没走到学校门口，早等在那里的十几名家长就七嘴八舌地围了上来。

“你们是公安吗？”

“我们支持张校长！”

“你们别听外面的人胡说，孩子又不是他们的。”

杨真不满地盯了一眼张勇信，后者马上走过来："各位家长，公安同志要休息……"

"张校长，你别怕，有我们家长替你撑腰！"一个女家长风风火火地站出来，说话时声音带着哭腔，"媒体听不到我们的声音，网络上听不到我们的声音，不能让领导们也听不到。"

蔡静茹一下子被戳中了软肋，立刻表示要留下来，单独了解家长的态度："张校长，我们可以单独和家长谈谈吗？"

"当然可以，对了，我先回避。"

杨真只好跟着蔡静茹走回接待室，十几名家长跟了进来。那名中年女士自报是家长委员会现任会长，说话很有条理，开口时其他人或保持安静，或为她做着补充，显然事先做了布置。

"看两位警官这个年纪，一定都做了母亲。"会长先来寻找女性的共同点，可惜这两个人都还没有孩子。不过她们没有摇头，那女人就当她们已经身为人母。

"孩子是妈妈身上掉下来的肉，他小时候磕着碰着，都疼在我们心里。但是现在他挨电击我都不心疼！儿子二十岁，再不矫正人就得毁了。我唯一后悔的就是以前心太软，没有早点教训他。”

一个男家长表示他给孩子报名前，自己先体验过电击：“30毫安很疼吗？说实话，当年我在工地上受伤，比这个疼几倍……我以为生活条件好了，别让孩子受我当年的苦。但是我错了，他小时候不受苦，大了就得受罪，还不如趁早电他几下。”

在一个问题上，全体家长观点一致，那些抨击戒网学校的文章都来自游戏公司。他们雇用水军，一发稿就能覆盖全网，家长的反驳根本放不出来。

“你们是吃公家饭的，可得为国家的未来想想。孩子们要都成这个样，以后国家谁来建设？”那位家长委员会会长果然水平高，从更大的格局入手，“如果这次国家要查封重生学校，不管张校长怎么样，我们家长都不干！”

一直谈到天黑，那位会长才意识到她们还没吃饭：“那个……真不好意思……我请你们吃晚饭。”

“谢谢，公务在身，不方便。”蔡静茹再次拒绝，请他们留下材料，先行散去。

两人回到招待所，就在门口大排档点了便饭。拿起筷子，蔡静茹才问杨真："下午咱们去了解情况，那些技术问题我看不懂，你给我讲讲吧。"

◆ ◆ ◆

说起网络沉迷，彭建军手里还有一起相似的案子。报案人叫许萍，二十几岁的女孩子，正在读网络大学，不久前报案称有人追杀她。警察以为许萍闲得无聊，报假警，但是她说得有鼻子有眼，警察不得不记录在案。

许萍玩网讯公司的游戏已经超过十年，所以获赠了网讯的虚拟伴游。只要打开游戏，这个程序就待在画面的角落里，帮主人建立游戏策略，或者在网购时提供咨询，还能解答各种生活问题。从失恋心理调节到微波炉菜谱，从名人名言到怎样给周岁孩子喂奶，伴游软件无所不知，还可以用普通话及七种方言与主人交谈。

许萍给自己的虚拟伴游选择的马甲，正是"阿辉"。有了5G网，阿辉的立体形象可以实时传入VR头盔与主人互动，自然流畅，毫无卡顿。最初一天数次，进而是长时间聊天，最后是随时东拉西扯。许多不曾对任何人诉说的隐秘，许萍都告诉这个虚拟人物，甚至包括痛经是什么感觉。

活了快三十岁，许萍头一次觉得有“人”这么关心她，陪伴她。甚至，许萍每晚入睡前最后道别的对象都是阿辉。除了真正走出屏幕为主人服务，虚拟伴游几乎可以满足她各种需要。

可是最近，许萍产生了异样的感觉。有些事让她觉得阿辉真能进入现实，影响她的生活。有一次，许萍向阿辉抱怨没有知心朋友，结果在她生日那天，便有家网店通过快递送来一束鲜花。正是她最喜欢的“月光女神”，一个不具名的人付了款。

凭借直觉，许萍认为这就是阿辉送的。除了它，再没有谁这么关心她。不过，尽管每天大半时间泡在网上，许萍多少还有理智，明白阿辉不是真人。她以为这是网讯公司的服务项目，通过温馨的方式留住客户。

第二次，许萍在网上和远程教学老师交流，对方回答时显得有点不耐烦。过后她向阿辉抱怨，结果再次登录这家网校，发现那个老师已经不见了。许萍向网校询问，回答是已经被辞退！

又有一次，许萍向阿辉自责，因为花钱没节制，信用卡已经亏空。结果，有人把她的信用卡账单全部还上。这次许萍没敢笑纳，主动跑到银行核实，把来路不清的钱退了回去。银行工作人员尴尬之余，只是认为系统出了问题。

许萍再单纯，也会对这一系列事件产生联想。尤其是代偿信用卡，总不能也是网讯公司的业务吧？有段时间她没敢再上网找“阿辉”聊天，并把自己的经历和几个同样使用虚拟伴游的网友诉说，大家都认为她在讲笑话。

多年来，许萍暗恋着一个老同学，对方并不知道，最近还在微博上公开了现任的身份。眼看幻想中的幸福彻底化为泡影，许萍忍不住又向“阿辉”倾诉郁闷。激动中许萍告诉阿辉，非常想看到那个女孩死于非命。

“哪怕将来年年给她扫墓，只要她不在他身边！”由于并非面对人类，许萍才敢把话讲得很恶毒。

第三天，这个女孩真的死在游泳池中！许萍终于崩溃了，女孩也是她的同学。虽不亲密，毕竟不是深仇大恨。许萍甩不掉沉重的负罪感，不敢再找阿辉，就去找心理医生。

“我杀了她，是我杀了她！”

许萍对着心理医生一通吼叫，却连事情的原委都没讲清。涉及人命，心理医生哪敢讲什么保密原则，立刻报警。办案警察听许萍颠三倒四一番陈述，才知道她并没有对死者做任何事情。

“那起案件很清楚，死者死于事故，你不必自责。”警察把她劝了回去。但是这起案件留下的记录，被彭建军在公安内网上注意到。于是，他亲自来到许萍家做调查。

一进门，彭建军就踩到了废弃的饮料瓶子。好久没开窗户，屋子里有股烟味。许萍不施粉黛，头发凌乱，也不把乱糟糟的环境当成女孩的羞耻。屋里没有多余的椅子，她把床铺上的杂物推到地下，请彭建军将就着坐。

这就是个女版的冯源，怪不得找不到男朋友。彭建军心有所想，脸上还不能露出来。事情过去已有几天，许萍已经能够冷静地讲出前因后果。彭建军并没有嘲笑她的意思，反而频频点头：“这些事情我也有怀疑，但我需要用你的IP登陆虚拟伴游，进行核实。”

终遇知音，许萍马上把头盔递过来，上面沾着烟灰、指纹和油污。彭建军撕了张纸巾，把它擦了擦，戴在头上。一个成年男子出现在液晶显示器上，随着鼠标的移动，一只小手出现在阿辉身上，等待着使用者点击下去，进入网站内部。

望着那张年轻、帅气、温和的脸，望着那身标准的西装，彭建军大为惊讶："所有虚拟伴游都是这个形象吗？"他没用过这款软件，完全不熟悉。

"不一样，这是我选的马甲。"

彭建军脑海里浮现出冯源的照片。回到刑警队，彭建军把这些照片调出来，又打开"阿辉"的3D形象，让它们并立在屏幕上。他向后退了几步，仔细端详。

几乎是孪生兄弟，只要把冯源的脸用美图软件稍作修整，就是那个阿辉！

◆ ◆ ◆

白天调查时杨真没表过态，心里默默地做着分析。听到询问，她告诉蔡静茹，那些问卷的价值很小，都是二十年前编制的，版本来自更早的赌瘾调查问卷。二十年过来，游戏都不知道进化了多少代。

“那怎么才能找到判断网瘾的客观数据？”

“只能从游戏公司找！每个玩家花多少时间在哪款游戏上，他们都有实时记录。”

杨真又讲到成为舆论焦点的电疗仪。它不仅在社会上争议极大，学术界也有不同意见。有人认为它真能改变人脑的生物化学过程，减轻精神病症状。持这种观点的人支持改进电疗技术，降低通电量，施术前给病人注射镇静剂和肌肉松弛剂，避免患者发生肌肉痉挛。

“做这种新型电疗，病人就像睡了一觉，都不会有什么感觉。”

相反的观点认为，电疗就是以医术为名实施的刑罚，通过肉体痛苦，让精神病人减少不当行为。很多精神科医生嘴上不讲，实践中认同这类观点。而要让它能起这种作用，带来的痛苦必须越大越好，否则就失去了威慑力。挨一次这样的电疗，不仅当时痛苦万分，事后还会眩晕恶心，惩罚作用能持续很长时间。

“其实这已经很人道了。两百年前的精神病院和集中营差不多，烙铁、水刑都用过。”遇到专业知识，杨真手到擒来。

“也就是说，它们根本不算医术？”

“很可能不算，但是圈子里的人不会这么讲。”

就在这时，一对男女谨慎地走过来，问她们是否是从公安部来的领导。“谁告诉你的？”杨真警惕地反问，难道张勇信又鼓动了家长来施压？

“哼，谁告诉我的？那些家长呗！我在他们群里作卧底！”

那个男人拉过一把椅子，坐在她们面前。戒网学校的家长有自己的微信群，里面正在流传两名高级警官过来调查的事。

“难道你们不是家长？”蔡静茹看他们的年纪，以为也是一对父母。

“不不不，我们都是被他坑害的人。”那个女人激动地分辩着。原来，十年前她被父母以旅游为名骗到这里，失去了半年自由。其间除了被电击，还挨过集体批斗，留下了很深的精神创伤。

“你也是‘学友’，那你现在多大？”杨真好奇地问。

这个女人说自己刚满三十，但是看上去足有四十岁。当然，这未必是她的真实年纪。网瘾深重的人很少外出，其中的女性通常没有化妆的习惯。

“你们不听听我的控诉吗？我们都是非法监禁的受害者。”

蔡静茹从心里讨厌他们，这些人让她联想到死在网吧里的亲戚，但是口头上她还要应付一下：“我们看过合同，当年学友都是自愿签字接受治疗的。”

“那是被他们骗的！”女学友一听，顿时泪流满面。男学友发现她一激动就讲不清楚，马上接过话头。他打开手机，调出一张照片，正是电视片《决战网魔》的截图，上面还有电视台台标。

“我们知道投诉有多难，各种有法律意义的证据都没有，但是虚假宣传这条你们可得调查。”

截图上坐着一群学友，面前这一男一女都在其中，面庞显得很稚嫩。在他们围起来的场地中央，一个女孩子声泪俱下，讲述自己获得重生的过程。

“这人当年用化名进入学校，自称十七岁，和前后几期学友都住在一起。后来我们才知道，她当年已经二十五岁，真名黄莹，还是个心理学硕士。她就是学校的托！”

◆ ◆ ◆

“无论输赢都是人类的胜利？哪有这种事，这是那帮科学家最喜爱的诡辩。”

田垄当中，韩津正在接受电视台采访。他穿着一身的确良布料裁制的衣服。这是祖母在五十年前买的布料，一直压在箱子底下，最近才被他拿出来裁剪成衣。韩津站在那里挥斥方遒，这身旧布料让他看上去很像村支书。

这次采访的由头是如何评价人工智能战胜人类围棋高手。“韩先生，您批判的这句话可是谷歌董事长说的。”记者说道。

“谁说的我都敢怼。历史上哪次科技进步是全人类的胜利？从来都是一部分人圈钱的手段。就拿人工智能来说，研究它的专家肯定胜利了，他们的投资人也胜利了，各种概念股会就此一顿爆炒。但被人工智能夺走工作岗位的人呢？抱歉，我这点智商实在想象不出下岗工人如何从中受益。”

远处就是太行山，眼前是片重新平整过的土地，方圆数百平方米，边缘区域搭起架子，种着各种蔬菜。核心区域有几栋土坯房。韩津一边回答，一边带着他们走向那里。

“科学是一场漫长的恐怖片，人工智能就是它最后一段情节。如果前面的情节还不能吓着人类，到这里所有人都应该警醒。临界点就要到了，人类可能就快被取代！”

正聊着，身边工作人员的对讲机响起来：“韩老师，有人要见您。”

“不是说了吗？我正接受采访。”

“是杨真……恐怕您得来一趟。”

“是她？还有谁？”韩津顿时紧张起来。

“还有个男的，两人都穿便服。”

韩津匆匆结束采访，向记者抱了个拳，登上自行车，出了院门。

这片土地属于太行山麓的一个行政村，离高速出口不算远，当地政府想把它规划成古镇，为此四处招商，没想到却吸引了大名鼎鼎的前主持人韩津。他要租一千二百亩地，搞的项目却与众不同。其中四百亩先建成一个园区，起名叫“生活2000”，里面要建立旧式住宅，靠种植有机农业生活，任何机动车都要停在园区门口，更不允许带进电脑和手机。园区建成后，游客就可以在里面体验无网络生活。

周围不远就有移动公司的基站，天空还有通信卫星，韩津无法屏蔽它们的信号，便给园区定了规矩，进园者都要上缴手机，统一保管，只给园区管理人员配发对讲机。

等到“生活2000”正式运转，韩津再把第二期四百亩地开辟为“生活1950”，里面没有任何家用电器。冰箱彩电在1950年早就发明出来，但即使在当时的西方也还没普及。

最后一片园区留给“生活1900”。届时，里面完全不通电，没有任何机械设备。游客们穿土纺布，吃自榨油，交通完全靠走，参加手工劳动。

这三个园区通称为“回归自然新生活体验区”，由韩津注册的公司负责开发。宗旨是帮助人们摆脱对现代科技的依赖，留下一片心灵净土。“脱瘾”不能一蹴而就，所以要以五十年为期，一步步向前回溯。

正因为这个规矩，杨真一直打不通韩津的手机，只好来找他。幸好“生活2000”园区里还允许自行车存在，他们没等多久，韩津便骑到门口。

“咦，这位是……”

“江志伟，我的未婚夫，我来履约了！”

履约？对，履约！他们有过约定。韩津马上伸出手：“欢迎妹夫！”

“哈哈哈……”杨真看到韩津的衣服，忍不住捂着嘴笑起来，“你这是在拍戏？”

“这是园区规定，尽量别穿工厂成衣，自己找布料剪裁，这是李瑾在缝韧机上给我缝制的。”

“不错不错，这么一穿，至少老上十岁。”

说着，杨真就想往园区里面走，被韩津一把拦住：“不好意思，你今天执行公务吗？”

“就是来看看你。”

“那一定要交手机哦。”

第四章　生活2000

大屏幕上，“阿辉”和冯源还并列在一起。彭建军托着腮，打量着他们，身边是局里的网警。

这不是第一起，第二起，仅这座二线城市里，就有十二起案件和这个虚拟伴游有关！有人因为和它聊天猝死，有人打扮成它行凶，花样层出不穷。

“假设冯源死前一直在虚拟伴游上聊天，那电脑操作过程就很简单，远程删除大概只用七步操作。”一个网警分析道。

“可是，和虚拟伴游互动，这种记录又有什么必要删除？”另一个网警质疑道。

彭建军打断他们的争论：“网虫和它互动时会发生什么，不能靠猜。你们登录虚拟伴游，扮成上瘾者的样子，看看长期互动后有什么结果。”

虚拟伴游并非能够随意下载的软件，现在还是测试版，网讯公司只赠送给注册十年以上的老用户，那个VR头盔也以成本价出售给他们。当人通过头盔进入网络世界时，意识高度集中在一小块屏幕上，对其他信息感受程度大为下降，正好符合催眠需要的条件。

不用多少专业知识，彭建军也明白其中的道理。这东西很害人，应该禁止！但是，现行法律能制止网讯运营这个程序吗？彭建军很不乐观。

或许，那个高科技犯罪调查处会关注这种事？

“队长，我看还是让许萍自己来。”一个网警打断了他的思路。

“为什么？”

“她是老用户，我们的新IP无法注册。”

◆ ◆ ◆

两个不速之客交出手机，跟着韩津走进园区。前主持人一边带路，一边介绍周围景观，以及远期规划。这片坡要放散养的鸡，这条小河上会有水车驱动的磨坊，那里将有个染布坊。

“我们这些传统文化崇拜者，就是怀念这种调调，想让它们复活起来。枯藤老树昏鸦，小桥流水人家。以后不再只是诗句，我们要生活在里面。”韩津边走边说。

当年韩津和杨真分手时有过约定，将来无论谁订了婚，都要把人带给对方看看。韩津后面的恋人就是李瑾，他立刻就履行了约定。杨真后来又有过几段感情，时间都很短暂，她觉得够不上恋人的级别。再加上女人怎么也有点小虚荣，那些男人无论才华、身份甚至相貌，都与韩津有落差，她不想让前任看轻自己。

直到和江志伟明确了关系，杨真才决定来履行旧约。当然，这也并非此行的主要目的。

江志伟跟在后面，第一次与韩津见面，又是这种身份，不便多说。直到走过那片菜架子，才好奇地问："你们怎么不起大棚？"

"那得用塑料，会造成白色污染。"

来之前江志伟就听杨真描述过这里，现在才知道复古原则执行得如此彻底。2000年，他的老家早就遍布塑料大棚。没有它们，那些菜长得蔫头耷脑，江志伟好奇地走过去，蹲下观察一番。"不知道是不是浇水的问题，最近有些蔫……"韩津也知道它们的长相不讨好。

"是白粉虱，你们的菜长了虫子。"

韩津还没说什么，杨真惊讶地问："你也懂这个？那怎么办？”

“打打农药就行了。”

听到“农药”这个词，周围的人们你看看我，我看看你，仿佛他说了一个罪恶的禁忌词。还是韩津主动打破尴尬：“我们要搞有机农业，不碰这东西。如果不打农药，能有什么办法？”

“如果盖大棚，就能在里面搭防虫网。如果既不用农药，也不能起大棚，这些菜肯定没治。建议你们拔了改种筒篙，那种菜白粉虱不爱吃。”

杨真差点跑过去亲吻江志伟。眼前这些人再加上李瑾，把搞有机农业当成梦想，以前经常在她这个城里孩子的耳边念叨。没想到论起种地，他们根本不如她这个新男友！

这么一来，韩津也是肃然起敬：“你是从农村出来的？”

“是的，老家离这里就隔几个县，水土差不多。”江志伟回答得很自然。

就这样，他们来到核心区，看到土坯房，江志伟又问道：“2000年也可以建砖房啊？”

“理论上可以用红砖盖，但是国家已经下了限制令。”

“你们自己脱的坯？”江志伟抚摸着墙壁。

“是的，这活你也会？”

江志伟点点头。虽然都在农村长大，他的老家比韩津的老家更落后，年纪又大上几岁，小时候确实在亲戚指挥下干过脱泥坯的活。

“你别是吹牛吧？我的人工智能专家。”杨真追问道。

“没有，我们家乡流传‘四大累’的古话——挖河、打堤、拔麦子、脱坯。除了麦子改用镰刀收割外，其他三样我都干过。”

杨真望着江志伟，一脸的崇拜：“天啊，这些你可都没提过。”

“你也没问过我啊。”

这下立刻拉近了大家的距离，两个男人分享起干农活的体验。杨真完全插不上嘴，听着听着，她忽然笑了起来：“哈哈，韩津你终于暴露了。志伟你知道吗？过去他在我面前吹自己农活干得有多好，我一个城里长大的小姑娘，哪知道是真是假，反正就听他吹。今天才知道，估计那些农活，韩大主持有一半也是听村里长辈说的吧？”

韩津大方地朝着江志伟一拱手：“我承认江兄是真行家。唉，家乡在我小时候就机械化了，没什么人种地。就因为好多农活都没干过，我才向往那种生活。春天怎么捋榆树叶？夏天怎么用艾草熏屋子？只能在小说里读读……江兄有没有这种感觉？”

“要听心里话？”

“当然。”

“我没有。之所以把人工智能作为事业，其中一个原因，就是不想后代再受那份累。”

杨真终于忍不住，夸张地抱了江志伟一下。韩津尴尬地转过头，不知道是因为眼前三个人的关系，还是话不投机。

他们走到“生活2000”游客接待室。杨真在门口站住了，“其实今天我来，除了履约，还有点公事要找你。”

“哦？”

“你采访过的那个‘风儿’，是不是也住在这里？”

◆ ◆ ◆

许萍的电脑还摆在她房间里，彭建军带着网警来到隔壁空房，架好设备，监测黑客入侵的线索。系统接在电脑和网络之间，所有数据传输都要流过那里。

正式调查前，彭建军先去核实了许萍陈述的那些可疑事件。花店接到的网络订单，并不清楚买主的情况；银行承认系统出了问题，“可是，七年中只出了这么一次差错！”值班经理反复辩解。

毕竟七年前还出过类似的错误，所以，那也有可能是概率极小的偶发事件。至于那位倒霉的老师，则是因为误操作，无意中破坏了网校的数据库，导致大量资料受损，被校方以工作失误为由辞退。

总之，这几件事都可以看成是孤立事件，可那个女孩的死确实不寻常。事发当天，她约好朋友去游泳。中午她觉得有些发烧，为了不妨碍水中联欢，便来到社区医院打退烧针。结果医院竟然搞错药物，女孩下水后突然心力衰竭，抢救无效而死。

彭建军调阅了此案的卷宗，发现处方由医生通过院内局域网下到药房，药费则是病人用手机支付。记录表明，门诊医生的处方无误，药房接到的处方上则写着另外一种药剂的名字。既然问题出在网络系统，医院已经准备起诉软件供应商。

彭建军询问局里的网警，如果一名黑客侵入医院局域网，通过修改系统，使药房记录显示出现错误，在技术上可不可行？网警告诉他，那需要海量的试错行为，不是一个黑客能在一天内搞定的。

“除非他是医院的内鬼。”

从许萍发出抱怨到女孩意外身亡，中间只有一天时间。在这期间，神秘黑客还要打听女孩的行踪，寻找下手机会。说是故意作案，确实有些夸张。但是前后几件事放在一起，其中有明显的关联性。即使只为排除怀疑，彭建军也要把事情弄清楚。

“警官，你知道吗，我宁愿是自己的心理出了问题。”许萍说，“当然，当然是我有病，我得了妄想症，胡思乱想。阿辉怎么能从网上跳出来为我杀人？”

“许萍，这件事你不需要负责，我们要调查的是其他问题。”彭建军把利害关系先摆清楚，让许萍减少顾虑。

为了避免在视频上穿帮，所有警方人员都退出许萍的卧室，留她独自一人坐在电脑前。许萍戴好头盔，伸出手，在虚拟键盘上悬了很久才用力敲下去。室内一片安静，主机非常老旧，里面的风扇声大得吓人。头盔显示器上变幻的图案像是通往魔境的洞口，不知什么妖魔鬼怪能从里面蹿出来。

如果有魔鬼，那就是一只网魔!

当阿辉的脸再次出现时，许萍像见鬼一样喘着粗气。“阿辉活动起来还挺萌……”旁边屋里，坐在监控电脑前的网警随口讲了句悄悄话，立刻被彭建军制止。

许萍定定神，打开话筒。打字？早就过时了！网友和虚拟伴游聊天都习惯用语音录入。

“你好！”阿辉打着招呼。

没有回答。

“三天没见，你过得好吗？”

许萍突然摘下头盔，跑到外面，向另一间房子里冲出来的彭建军摆着手，示意自己无法坚持。她害怕，真的害怕。彭建军让一名警察把她带到旁边，换一名女网警代替她上网回答，并且不用语音和视频。这是下下策，但也只有这样了。

“这几天过得不好，我想找工作，可身材不行，现在老板可讲究体形了。”女网警打着字。

“以下这些岗位对体形没有特殊要求，你可以试一试。”

接着，一串同城职位名单出现在屏幕上，是阿辉临时从招聘网站上搜索的。网警故作不满：“这些工作都需要和人打交道，我好怕陌生人，每次都要猜别人在想什么。你那里有没有不用和人打交道的工作？”

阿辉迟疑片刻，做出回答：“与人打交道是生活中必须做的事，况且人人都有可爱的一面，你不妨试着感受他人的可爱。”

网警暗笑，这种软件可以搜索网上海量的词句，寻找最受欢迎的答案，不知这句鸡汤文出自谁的笔下。就这样，他们有一句没一句地聊着，女网警刻意表露出对阿辉的依赖。屋子里只有节奏感很强的击键声。大约过了二十分钟，网警估计火候差不多了，撒娇般说出一个欲望。

“刚才我在门口看到一辆白色捷达，非常漂亮。好想开上它到高速公路上飙一次。”

那是彭建军的车，为弄清这个迷案，彭建军决定把它贡献出来。

“你很想拥有那辆车？”

“当然想啦，可惜也就是想想。”

阿辉沉默片刻，一行出乎意外的字突然展现在屏幕上：“落寞的时刻，我把你吟唱……”

另一间屋子里，许萍早已镇定过来，旁观着他们的对话。看到这句，许萍脱口而出：“飞卷的狂风，是我的梦想。”

隔着墙壁，女网警不可能听见她说什么，犹豫着在键盘上敲下回复。眼前突然一黑，阿辉不见了，屏幕上只有一行大字：“你不是倩儿，无法为你提供服务！”

“倩儿”是许萍在虚拟伴游注册时用的网名。她在旁边屋子里看到屏幕上这行字，吓得张大了嘴。接着，阿辉自行下线！

“这首诗是什么意思？”彭建军问道。

“前男友写给我的。我念给阿辉听过。”

“看来，黑客能侵入虚拟伴游，打开你的个人数据库。”彭建军说道。

“队长，恐怕没这么简单。”旁边始终在记录的网警说道，“整个对话过程中，没人侵入这台电脑！”

◆ ◆ ◆

“风儿”听上去是个女孩的名字，却属于一个年过四十的技术宅男。他本名张晓风，全国网民还不到一百万时，他就取了这个俏皮的网名，结果无论跑到哪里发言，都被认成女孩，干脆就用卡通女孩做头像。

有关黏性技术的秘密就是张晓风揭露的。不光如此，干了二十年程序设计，没日没夜挂在网上，张晓风现在却只想远离网络，远离电脑，远离一切电子设备。他烦了、厌了、倦了，听到敲击键盘的声音都会恶心。然而普天之下，除掉韩津开辟的这一亩三分地，张晓风还真找不到合适之处。即使跑上青藏高原，也是到处都有网络。

所以，张晓风干脆辞了职，报名来这里当园丁。此前，他是网讯公司一个游戏开发部门的技术主管，除了高薪，还有几十万股的股票，身家足有千万。现在的张晓风穿着对襟小褂，黑得像个晒过二十年的老农民。那些财富他都变卖掉，投入韩津发起的“回归自然基金会”。

“你们能来太好了！”张晓风听杨真报出身份，兴奋不已，“这不是传统法律能管的事，但总要有人管。你们一定要知道，尚磊的目标根本不是当什么中国首富。”

尚磊是网讯公司创办人，经过多轮稀释，现在还持有百分之三十八的股份。最近几年，他的身价始终保持在福布斯中国榜的前五名内。网讯公司初创时只有十几个人，最好的福利就是晚上到街头一起吃麻辣烫，当时围在桌边撸串的人里面就有张晓风。推杯换盏，吆五喝六时最容易讲心里话，尚磊想要什么张晓风一清二楚。

“蜂巢计划你们听过吗？那才是他的终极理想。”

“蜂巢计划？”

“让网民像蜜蜂待在蜂巢里一样，天天以游戏为生，周围只有他们开发的游戏产品，那才是他的理想。你们看，虽然网讯开发过上百款游戏，但是坚决不搞策略性游戏，类似于‘大富翁’‘城市老板’那类游戏，绝对不搞。他还禁止在游戏里出现家电、豪车、别墅、各国货币之类实物的图像。总之，避免玩家在游戏中联想到现实生活，只给他们提供现实中不存在的各种‘法器’。”

“等等，等等……”杨真从小不打游戏，但是对网讯的运营却并非一无所知，“他们不是开发过一款叫‘论剑’的游戏吗？那就不是宅男喜欢的？”

“那只是尚磊的个人情怀，他是个武术迷。”张晓风刚离开网讯，对此了如指掌。他给他们讲述那个中国首富的日常，尚磊不仅自己不玩游戏，也不允许子女玩，“他知道游戏有多害人，只要不坑害自家孩子就行。”

“所以我才把晓风的遭遇录成节目。”韩津拍拍他的肩膀，“科技是人类的毒品，但是没有尚磊这种毒贩子，很多人还染不上这种毒瘾。”

一旁，江志伟感觉话不投机，又没有手机能玩，只好在院子里散起步来。

“蜂巢计划具体内容是什么？”杨真以前根本没听过这个名字，兴趣一下子被激发出来。

张晓风摇摇头：“你算问到点子上了。网讯高层有个核心圈，这几年才形成，他们一直在秘密落实这个计划，但是一个字、一段话都没有落在文字上。我也只知道他最初的设想。”

把几千万到一亿人变成网络痴迷者，这是何等恶毒的工程。但如果没有成文的材料，那就只是无法证明的阴谋论。私人聚会上这类狂想多得是，如果没有任何后果，法律并不约束人们自由表达。

至于眼前这个张晓风，也许他只是被排挤出核心，对老东家有怨气。

杨真登门拜访，目标是收集黏性技术的材料。至于这个突然听到的蜂巢计划，此时还构不成案件。杨真想了想，又回到旧题，要过张晓风手写的揭发资料仔细阅读。很多年间，张晓风除了在合同上签名，再没有握过笔。现在重新学写字，生硬得像小学生。

“复印机你们总有吧？那可是2000年前的技术。”杨真问道。

韩津笑了，为了与外界联系，他把传媒公司从北京搬到不远的县城里，各种办公设备一应俱全。已经到了晚餐时间，韩津派人去复印，同时挽留客人在核心区就餐。大家围着土灶吃农家饭——当地著名的贴饽饽熬鱼。

“怎么样，妹夫，这是你小时候的滋味吧？”韩津边吃边问。

“是啊是啊，天然气烧出来的就是没柴火香。”江志伟一半是心里话，一半要入乡随俗。

韩津端杯敬酒。江志伟因为要开车，以茶代酒感谢了主人的招待。夜幕降临，杨真要送江志伟去军方研发基地，便起身告辞。

回京路上，江志伟开着车，和杨真聊着刚才的感受：“里面确实是我小时候看到的样子。不过土坯没晾透就砌墙，房子撑不过这个雨季。菜种得也不好，不会有收成，他们还得从周围村子里买吃的。明后年能实现自给自足就不错了。总之，他们自己的理想，他们有权利去实现，不过对整个中国没意义。”

“为什么？”

“原生态、纯有机，就是蒙那些没下过乡的城里人。像他们这样种庄稼，全国耕地顶多养四亿人，剩下十亿人去死啊？”

天啊，答案这么简单，又这么有力。她怎么始终没想到？这些年，杨真一直认为韩津和李瑾那群人的梦想有问题，一直和他们争论，但都是就事论事，总也说不到点子上。

江志伟这句话胜过千万篇论文。

想当年，一起走在乡间小路上时，韩津会摘一把野菜，告诉杨真应该怎么吃。或者摘一把野花，报出它们的名字。这些本领都让杨真崇拜得要死。杨真心想："如果当年遇到的是江志伟该多好。他能懂我，真的懂我，看来，找个懂自己的丈夫并不难。"

望着江志伟的侧脸，一股甜蜜从杨真的心里涌上来。她侧过身去，在江志伟面颊上吻了一下。

"唉唉，我这可是在高速上开呢。"

◆ ◆ ◆

在张晓风那堆狗爬式的手写材料中埋头一上午，蔡静茹终于明白，所谓黏性技术只不过是一份上网习惯统计结果。它精确到每个年龄段、不同性别、每种行业，甚至能知道每个省份的人更倾向于什么游戏，准确到每种游戏里面玩家希望角色拥有什么样的头发，穿什么式样的衣服。甚至，能测出一个人在全天哪个时段上意志力最薄弱，最容易上瘾。

通过无数次的游戏互动，他们掌握了玩家的心理活动。如果说到秘密，无非就是它们由各游戏开发公司自己掌握，秘不示人。所以，开发过五十款游戏的公司，对黏性的理解肯定超过只开发过五款游戏的对手。而网讯作为全球最大的游戏公司，二十年下来积累起有关网瘾的最翔实数据。

这里面没有明确的侦查目标，蔡静茹吸了几口清新剂，又给自己换了个课题。重生学校学友那里得到的消息令她感到迷惑，于是专门找来当年的电视片《决战网魔》，反复观看那一段。新闻片中，一个女“学友”冲着镜头哭诉过去的经历，赞美戒网医院如何让她洗心革面。新闻给她的脸打上马赛克，下面的字幕注明“珍珍”，17岁，高二学生，重度网瘾患者。

新闻结束时还特意打出一行字幕，为保护当事人隐私，本次采访中出现的人物都使用化名。

然而，这居然是化名的化名。这个本名黄莹的人在重生学校报名时自称“陈芳芳”，学友们也用这个名字来称呼她。拍摄《决战网魔》时，黄莹已经读过两年心理学硕士研究生，所以她从头到尾都在伪装。如果张勇信知道她的身份——蔡静茹基本可以断定他知道——那么他就是在伪造病例，进行欺诈。

张勇信的动机可以理解，但是这个黄莹又是为了什么？考博士之前挣点外快？为科研课题去体验生活？蔡静茹对此人产生了浓厚的兴趣。她找到重生学校几名早期学友，请他们回忆自己见过的陈芳芳。一致回答就是她很爱讲话，经常谈起父母如何管束她，如何骗她入学，不过谁都没见过她的家人。陈芳芳还不停地犯规，反复被电击。

所有人的回忆都差不多。因为电击效果不佳，“陈芳芳”一口气住了一年半，经历过几任室友。然而再追问下去，却没有人真正看到她被电击。只是每次从电击室出来，陈芳芳都是一脸痛不欲生状。所以，没人怀疑她真遭遇过惩罚。

“你们觉得她有多大年纪？”蔡静茹又换了个问题。

“和我们差不多吧？”

“当时高中生一枚！”

“应该比我小几岁？”

“……”

如果仅仅是校方要找个懂心理学的托儿，陈芳芳根本不用和学友们一起住那么长时间，更不用伪装成比实际年纪小七岁的高中生。遇到电视台采访，让她临时过来串个场都行。

于是，蔡静茹开始搜索黄莹的生涯，发现她来自农村，在学校里成绩优异，拿过各种奖学金。从任何方面看都和网瘾无关。黄莹参与发表的论文也有不少，大部分她都不是第一作者，但至少证明她参加过这些研究，起到过重要作用，导师允许她列名其中。

蔡静茹把杨真请过去，拿着一堆论文给她看：

《述情障碍注意转移策略的事件相关电位研究》《不同情绪调节模式对初中生注意转移和稳定性的影响》《汉语阅读障碍者注意转移的时间进程研究》《暗示性动作诱发的空间注意转移》……

“从这些论文里面，你能看出什么吗？”

杨真翻了翻，发现全部都和注意转移有关！这个课题太基础了，在心理学圈子里远非时髦的新概念，出不了什么惊世成果，很多同行都懒得去研究。

蔡姐学的是法律，该怎么给她解释呢？杨真想了想，伸出右手展成巴掌：“来，你用食指轮流点击我这五个指头，对，就这样，快，再快……停！”

听到命令，蔡静茹收回手指：“就是这个？这就是注意转移？”

“对，让自己从一个动作中解脱出来，把注意力转向别处。”

“很简单啊？”

“因为点指头这个动作很简单，很枯燥，你的注意才能说转移就能转移。但如果你在读一本有趣的书，看一部好电影，或者玩一款游戏，注意转移起来就有困难……”

从论文标题上看，黄莹一直都在研究是什么因素导致人的自控能力变差，限制了注意转移。是啊，所谓网瘾说简单些，就是注意转移能力下降，该转移时不转移。但是，谁会为了拿一张硕士文凭，跑到重生学校这种鬼地方混上那么久。

就在这时，马晓寒推门进来：“杨姐，有位警官来找你。”

第五章　虚与实

“结果就是这样，从头到尾都没有黑客入侵。就是阿辉在面对许萍，换了人它立刻能辨认出来。”

论年纪，彭建军比杨真大二十岁，侦查经验更丰富。但是现在，他像小学生一样向对方请教。他们在“红书”一案里有过接触，也正是从那时起，彭建军开始关注高科技在新式犯罪中的作用。网络这东西从来就不仅影响一时一地，彭建军只能调阅本市卷宗，杨真却可以了解全国情况。所以他才亲自跑到北京，找杨真帮忙。

“虚拟伴游？这个程序很流行吗？”

“不算流行，它还在测试阶段，网讯只送给骨灰级用户。”如果不是这个案子，彭建军也不关注这些年轻人玩的东西。

“但它好像不是一款游戏？”杨真看着彭建军在手机上摆弄虚拟伴游的App。

“不是游戏，胜似游戏。网讯有个宣传口号，让用户把人生当成游戏，这款软件要帮助他们怎么在人生这款游戏里打通关！”

在中国互联网产业的头二十年中，网民以学生居多，没什么消费能力，只能贡献点击量。那时，互联网企业的变现指标也就是点击量。所以网讯这样的公司都会花钱套住一批粉丝，把他们黏在自己的网站上。如今，互联网第三个十年已经开始，当初黏住的那些孩子里面，年纪最大的已经人到中年，为人父母。互联网公司也开始弱化流量，追求用户质量。虚拟伴游就是这种指导思想的产物。

“您的疑点是？”到目前为止，杨真还只能看到两起完全无关的案件。

“我怀疑冯源长时间上网后迷失自我，把自己当成阿辉。他本身拥有黑客技能，在死前他连续上网，极有可能是在侵入许萍的电脑，监视她与阿辉的交流内容，直到突然暴病死亡。当然，我知道这个推断太跳跃，我跟同事们讲不清。如果你都觉得我是小题大做，我……”

“别别别……”杨真坐下来，随手抓过笔和纸，边写边分析，“你觉得冯源把自己当成虚拟伴游的替身，但是……动机呢？”

“我记得你说过，高科技案件通常不会出于一般的犯罪动机。”

“这是我们调查处总结的规律。”

“这就对了，也许冯源的动机就是体验一种力量感。伴游程序神通广大，无所不能。那些网虫不都是这样吗？他们在游戏里掌握生杀大权，从中取乐，冯源只是从网游玩到了现实中。”

像是在作几何证明题，杨真在纸上另起一行画着重点：“所以您认为，许萍讲的那些事情都是冯源做的？”

“是的，毕竟程序本身不能入侵现实作案。”

“但这最后一起案件发生时，冯源已经死了！”

女孩溺死与冯源病死发生在同一天，彭建军到现在也无法搞清谁先谁后。如果不是冯源在医院系统里做了手脚，那问题就更严重了，他还要抓一个没列入怀疑对象的凶手。

杨真能够坐下来听这番近似胡说的推论，只是因为她早就听马晓寒讲过类似案例，有人模仿阿辉的外形特征去袭击他人。那起案件中最奇怪的是，作案人与受害者事先根本没见过面。此人搭乘出租车，花掉几百元车费，来到另一座城市，抡起椅子殴打一个完全不认识的人。

马晓寒当时正在场，出于兴趣，全程旁观这起案件的调查。受害人能想到的理由，就是自己刚与游戏战队的伙伴发生争吵，对方在网上放话要找人削他！这些天南地北的队友彼此都不认识，现实中没聚会过，甚至没交换过真人照片。可是，受害人并不觉得这次袭击很突兀，此人不是吵架的对手之一，就是那人的朋友。

受害人能胡乱推测，公安局却不用。通过分析IP地址，当地警察很快找到那几个战队队友。没有一个人在本市，并且都声称自己没叫人袭击受害人。“我倒是想削他，我哪里知道他是谁？”几个人的回答如出一辙。

不光他们，行凶者更声称不认识那几个人。警方已经检验过，行凶人当时没有醉酒，也没有吸毒，神志清醒。他讲不出行凶动机，反正就是很想揍这个人，瞧着他的长相就别扭。

因为没造成严重后果，警方给这起案件下了个最符合逻辑的解释——因网络游戏争执引发治安事件。行凶人尽管否认属于这个什么战队，但却对判罚无异议，于是就给了十天治安拘留处分。关进拘留所时，警察还给那身阿辉的行头拍了照。

眼前又是两起当事人毫不相干、却貌似有关的案件，唯一的线索又是阿辉！

现在，黏性技术调查还是由蔡静茹牵头，杨真就和她一起分析案情。蔡静茹作为提案人，对黏性技术的危险最为关心。虚拟伴游使用量已经有几百万，用户不仅分散于全国，还已经扩散到全球华人社区。用户忠诚度高达94.67%，居网讯所有软件之首。听完彭建军提供的案子，蔡静茹很兴奋。她一直要找游戏产生实际危害的例子，这正好算一个。

于是，蔡静茹从韩悦宾的技术组借了几个人，先调查这款软件。他们发现，虚拟伴游一共有五十个预设形象，阿辉的使用量排名第一。不仅外貌，网讯在设计时还给这些虚拟形象赋予了年龄、身高、体重等特征，甚至虚拟的性格。其中既有温柔女生，也有长满络腮胡的粗汉。

他们望着墙壁上贴出来的各种形象，苦思对策："蔡大律师，还得你出面让网讯配合调查，从他们的用户数据库里直接寻找嫌疑人。"杨真建议道。

蔡静茹咬着笔尖，摇着头："这意味着要指控他们的产品有某些缺陷。如果我们现在就去，他们会立刻叫个部门经理跟我周旋。"

“那怎么办？”

“他们是技术公司，咱们就得有过硬的技术证据。杨真，你男朋友不是搞人工智能的吗？还有你姐姐，不是在网讯干过吗？先请教他们吧！”

这些外援随时可以邀请，不过杨真觉得关键问题还得调查处同事来完成：“再搞一次化装聊天怎么样？”她建议重复彭建军的做法，并且吸取他的教训：“这次不用借谁的IP，马晓寒是网讯的老用户，她手里就有个虚拟伴游。”

◆ ◆ ◆

十年前，还是高中生的马晓寒就注册为网讯用户。本科就读于材料专业，她也一直使用这个ID。后来进入公安大学读研究生，出于保密规划，她不能用这个ID上传工作内容。除此之外，其他服务一直使用到现在。所以，马晓寒也被获赠了伴游软件，还买了个VR头盔。

马晓寒触网多年，从来都达不到成瘾的程度。进入调查处后工作繁忙，这个软件就扔在电脑上。不过，她下载的形象也是阿辉，所以她在接触到那起古怪的治安事件时，第一眼就认出行凶人奇怪的装扮。

“上网聊天？这也算侦查？”马晓寒怀疑自己听错了杨真的要求。

“是的，你不是想学我做卧底吗？先来个虚拟卧底练练。任务就是没日没夜和它聊，看看会发生什么。”

江志伟已经在军方设计局进入了角色。杨真等他有空时打进电话，向他咨询：“给我科普一下吧，什么叫自主生成程序？”

“还是‘胚种’那个案子？”

“是个新案子，也和人工智能有关。”

江志伟告诉她，这种程序设想在三四十年前就有人提出来，曾经叫自动程序设计。大体就是让计算机本身根据不断变化的实际问题，自动修改程序内容，提升功能。

设计软件要通过需求定义、设计、程序编写、测试等阶段。这些步骤以前都由程序员做，越来越跟不上竞争要求。如果由程序员干，即使是一线的互联网巨头，开发速度也不会相差太多。所以有人评价说，互联网才是劳动密集型企业，人工作业是IT行业里最慢的一环。

“比如杀毒软件，用人工编程的话，只能在新病毒产生后靠程序员升级。如果自主编程，几分钟就行。以5G的网速，可以在发现病毒后多保护几千万台终端。”

“听上去是很好，不过几分钟就能完成迅速升级，程序员会知道程序有哪些改变吗？”

“要逐行查代码，几个月都不一定能查清楚。”

“也就是说，网络公司一旦使用自主生成程序，它们自己都不知道计算机生成了什么？”

“对，所以大家都不敢用，怕出了事赔不起……怎么，你认为哪家公司已经用了它？”

杨真用一个隔着屏幕的吻代替了回答，这件事她还要保密。好在江志伟已经习惯了这种保密生活，便不再追问。杨真又去找了肖亚雯。她不仅是心理学家，更与网讯公司的程序员们合作过。

“在你接触的范围内，他们用过自主生成程序吗？”

“当然，论剑就是！”

将人类武术家的格斗技能输入计算机，再由计算机分析这些三维动作数据，生成新动作。当年肖亚雯为了这款游戏，没少和程序部门合作。对方并没有把开发程序叫作自主生成程序，但是原理差不多。

“怪不得当年他们肯往论剑项目投钱，根本不考虑市场，原来并非白干，他们是在尝试自主生成软件。”

杨真还请地方公安局重新调查那个化装成阿辉的行凶者，尤其是检查他的电脑，看有没有使用黑客技术入侵他人的迹象。非此不能解释他为什么能拥有受害人的信息。

结果令人失望，行凶者完全不掌握黑客技术，这说明另外有人向他提供过受害者的信息。

◆ ◆ ◆

一大早，杨真来到调查处，走向自己的办公室。生物技术组、外联组、专利组、法律问题组……她路过一间间办公室。同事们大多还没来，走廊里很静。杨真路过洗手间时，正碰到马晓寒从里面出来。只见她眼窝塌陷，双目通红，一边甩着手上的水，一边长长地打着哈欠，差点撞到杨真身上。

“你这是……”

“要当合格的网虫，不熬夜怎么行？”

为了执行网上卧底任务，韩悦宾专门给马晓寒弄了台高级电脑接通外网，再用上虚拟IP，保证无人能跟踪到调查处这里。马晓寒就在自己的工位上聊着天。她告诉杨真，一夜功夫光咖啡就喝掉六袋，吵着要报销。

杨真被她逗乐了，但是也知道马晓寒说到了点子上，像许萍这样多少有点网瘾倾向的人，半夜上网才符合其行为特点。

“你辛苦了，先去睡吧。要不，你就当个真正的网虫，白天睡觉晚上加班。”

下班前，杨真忙完其他事，过来看看马晓寒。小师妹还在和阿辉聊天，她指着显示器上的一行字迹问：“这好像是个圈套，我不敢随便答。”

屏幕上是阿辉出了一道测验题：

如果你是一位CEO，面对着一家与你同等规模的同行企业，你选择的策略是：

A. 置之不理

B. 争取并购对方

C. 在竞争上挤垮对手

D. 向对方寻求并购

“怎么扯到这了，你和阿辉都聊了些什么？”杨真问。

“信马由缰，瞎聊呗，然后阿辉突然说要给我做心理测验，就这样啦。”

这道题很熟，在哪里见过……对，这是明尼苏达多相人格量表中一个问题的变形。杨真坐下来，敲进一个C。

问题消失，隔了片刻，虚拟伴游又出示另一个问题：

“你认为在最近发生的方玉琪和顾海俊的婚变问题上：

A. 方玉琪要负主要责任

B. 顾海俊要负主要责任

C. 双方共同负责

D. 随缘顺便，双方都不需要负责”

这是两个流量明星，伴游软件此时又恢复了流行文化特色。这可难倒了杨真，她听过这两个明星的名字，但是都不知道他们属于歌星还是影星？于是顺手输入字母B。

还没等她把手缩回来，屏幕上的画面突然翻转过来，出现了三个正在演唱的男歌星，声音刺耳。杨真以为是电脑自动跳出来的广告，随手点了对话框上的关闭键。

“别关，中间那个就是顾海俊……”马晓寒几乎同时大声劝阻，但是来不及了，显示器上所有画面一并消失，只留下一行大字：

“您不是‘春月知寒’本人，阿辉无法为您服务！”

马晓寒就是顾海俊的粉丝，在家里经常听他的歌，绝不会顺手关闭他的画面。要得到这个结论无须任何心理测验，程序随时记载着她的行为习惯。

◆ ◆ ◆

和彭建军说的一样，整个过程中都没有什么黑客，虚拟伴游自己体现出鲜明的意志色彩。

这么奇怪的案件，立刻把几个组长的兴趣调动起来，纷纷放下手头的事情，跑过来协助调查虚拟伴游。它并不是非法程序，很多资料都是公开的，他们首先对这些材料进行分析。

韩悦宾发现，由于使用自主生成技术，虚拟伴游可以根据具体顾客的要求，生成它认为最理想的问题解决方案。这个方案还会被记录在数据库里，下次遇到其他网民提出类似问题，便会拿出来回答。

一个解决方案可不光只是框架，还要说清具体要做什么、怎么做、在哪里做。为寻找资料，虚拟伴游内置了“爬虫程序”，可在全网搜索并下载有关信息，包括商品、服务、招聘、招生、求偶，甚至气象等信息。

如果说网讯有什么违法迹象的话，这是最有嫌疑的一项。有了虚拟伴游，用户便可以向它询问几乎任何事情。甚至包括酒店装修、机械设计，或者母乳喂养。你要一枚火箭？好的，它也能搞到设计图。于是，已经有不少网站控告网讯违反版权法。

“使用虚拟伴游的人，习惯把什么问题都抛给它，就不再去其他网站。”韩悦宾摇晃着手机，“这样下去，就不是一个软件在互联网上被使用，它本身就是互联网的总入口。”

几百万网民提的问题如此之多，虚拟伴游却可以用自然语言答得头头是道。看似简单，却涉及了人工智能中尖端的模糊运算问题。“就是说，它能识别用户的个性？”杨真又想到自己的专业。心理学前辈为此发明出很多研究方法，现在，一款程序轻松完成了这个工作。

“对，网民注册一个用户名后，虚拟伴游便会积累他的个人数据，分析他的个性特征。”技术迷韩悦宾兴奋不已，就像是在介绍自己发明的程序，“不同于其他程序，它会辅以特殊测验。如果出现多人共用一个账号就会及时发现，把当前账号断开。”

“为什么要这样？防止盗号？”迟健民表示听不明白。

“动机类似吧，不过它很专业，好多用户连婚外情之类的秘密都和它讲。如果发生盗号，会让网讯公司陷入无穷无尽的小官司。所以，上次彭警官用许萍的账号，这次我们用小马的账号，都会被它察觉。”

另一边，龙剑通过相似度调查，在全国范围内也找到几个嫌疑对象。他们清一色都是网络技术人员，使用虚拟伴游都超过半年，并且长得极像阿辉那个虚拟形象。

“这是方海洋，民办通海网校网管。这是林勇，在大通银行信用卡部工作。赵宝胜，私立环湖医院药剂师。尤其是他，和那个女孩的死直接有关！”龙剑抱着胳膊，加重了语气。

听到这里，史青峰开始摇头："我知道你们在想什么，但请注意，如果这几个人自己就是黑客，又都集中在许萍这么个普通女孩身上搞鬼，你们觉得有可能吗？"

"黑客没参与并不代表什么。也许我们登录时间不够长，还没吸引到他们。"韩悦宾不以为然。他看过彭建军提供的记录，许萍和阿辉连续交谈两个月，才出现第一起不明事件。"我建议再找找那些长期使用虚拟伴游的人，借他们的账号用用。你有亲属用过吗？你呢？还有你……"

"大韩，已经失败两次了，咱们换个思路吧。会不会是自命为阿辉的人已经结成团伙，集体玩这个游戏？"龙剑提出另一种设想。不是要把生活当游戏吗？或许他们在什么聊天室偶遇，臭味相投，走到一起。为什么许萍一暴露自己隐藏的动机，一天之内在现实生活中就会有反应？单个黑客根本做不到，一群人联合起来就不同了。

"动机？对，动机！这个案子里最搞不清的就是动机。难道他们都是活雷锋，从帮助别人中得到快乐？"杜丽霞提出了质疑。

"还要什么动机？两个字——好玩！"蔡静茹对此

感同身受，“想想那些黑客，写一个病毒去破坏成千上万台电脑，他们能得到什么？孩子们活得太容易，他们在找刺激！”

◆ ◆ ◆

许萍的信用卡为何会飞入天外之财？对此，龙剑已经查出了结果。网讯有款名叫“钱商”的智能财务决策支持系统，也捆绑在虚拟伴游中，供它的客户使用。钱商可以协助拥有者管理财务，炒股票、期货、外汇。当然，不管提什么建议，交易前最后一关还需要拥有者自己输入密码。

但不知道为什么，许萍的“钱商”在没有当事人许可的前提下，从他人账号转过一笔钱。数额虽然不大，性质却很严重。

即使查到这里，他们都觉得还不到惊动网讯的时候，马晓寒的账号又被冻结。商量来商量去，大家决定分头去问亲朋好友，谁在用虚拟伴游？最近是否发生什么与它有关的怪事？结果在史青峰的一个亲戚那里找到了线索。他叫魏衡，是一家商店的技术主管。他为虚拟伴游下载的形象也是阿辉。最近几天，魏衡宣称他的虚拟伴游不光能在网上用，现实中也可以为自己解决麻烦。

原来，魏衡正进修第二外语。有次考试后，他和虚拟伴游聊起这件事，声称希望考试能得到多少分数。当时不过随口一提，考试成绩一公布，竟然和他的愿望一分不差。

魏衡知道自己的真实成绩不可能那么高，却也没把它当成偶然事件。后面两科考完后，他又向阿辉讲了自己对分数的期望值，甚至故意把预期成绩讲得一高一低。结果居然完全一样。

难道是虚拟伴游帮他改了成绩？魏衡不是警察，没有什么证据概念。他这样假设，也就这样认定。史青峰一听，如获至宝，就把他的情况告诉同事，然后向魏衡提出协助调查的要求。后者觉得这种事很刺激，就答应协助警方破案。

任务，要给魏衡布置个任务，才能把幕后神秘力量套出来。大家想来想去，最后同意杨真设计的任务。

现实中的魏衡还是单身，这个方案假设他暗恋牟芳，因此嫉妒肖亚霆。如果用调查处某个人的家庭演这出戏，他们担心伴游会识别出身份。毕竟它有着惊人的信息搜索能力。如果用完全不认识的外人，又怕他们不配合。肖亚霆夫妻多次协助调查处的工作，已经不算外人。

牟芳正带着孩子在外地旅游，肖亚霆也没和她商量，立刻接受建议。肖亚霆知道他们需要什么，便讲了一些夫妻之间的隐私，供他们编故事，再由魏衡亲自聊给虚拟伴游去听。几次实验表明，虚拟伴游识别个性的能力很惊人，他们不敢再让别人接手。

潘景涛带着便衣警察，随时跟在肖亚霆不远处。在许萍和魏衡这两个案例中，从用户向伴游软件透露出想法，到这些想法变成现实，中间都没超过一天！为配合他们，肖亚霆尽量单独行动，甚至开车时都放慢速度，方便神秘人跟踪。

半夜，新力公司写字楼里已经没有别人。肖亚霆大摇大摆穿过院中小径，走向停车场。写字楼周围绿化得很好，许多树木生长多年，已经非常高大。半夜时分树影婆娑，树叶沙沙，肖亚霆放慢脚步，担心暗中保护的便衣跟不上。

在露天停车场，车辆进出都靠智能识别，连保安都没有。稀疏的几盏灯给肖亚霆拉出长长的影子。突然，一串脚步声骤然响起，有个黑影从一辆轿车后面闪出来，飞快地扑上来。由于黑影背着光线，肖亚霆无法看清对方的模样，只能瞧见他的手里抓着一只瓶子。

瓶子？就是一只瓶子？

不管怎么说，神秘人物终于现身！肖亚霆反倒镇定下来，本能地握紧拳头。就在这时，几束手电光亮起来，聚焦在来人的脸上。

“警察，把头抱好，蹲下！”

潘景涛带人冲了出来。黑影发现事情败露，转身就跑。肖亚霆离他最近，伸手一抓，将将拽住那人的衣角，但还是被他逃脱。迎面，伴随“砰”的一声闷响，一张大网在空中展开，向黑影兜头盖顶笼罩下来。

那是刑侦队专用的网枪，涂着黏液的网可以束缚住任何一个壮汉，又不至于使其受伤。那人摔倒在地，手里的瓶子摔在地上，一股浓烈的酸气伴随着丝丝的响声弥散开来。

“强酸？”肖亚霆跑过去，嗅着气味，“他这是要干什么？”

“不好意思。”杨真也跑到这里，既然用亲人做诱饵，她必须在场，“我让魏衡对虚拟伴游说，你这个人没有真材实料，全凭一张脸骗女人，他最想看到你被毁容！”

第六章　网凶

犯罪嫌疑人名叫方海洋，恰好是龙剑找到的嫌疑目标之一。他今年三十三岁，在一家民办网校担任网管。把他带到调查处后，借着灯光大家才发现，方海洋一身服装酷似阿辉。

“姓名？”

“阿辉，在非数字世界里文件名方海洋。”犯罪嫌疑人虽然被锁在椅子上，却用倨傲的神态望着做笔录的警员，脸上的微笑都很像阿辉。

“年龄？”

“五点六岁。在非数字世界里三十三岁。”

五点六岁？这是什么时刻？虚拟伴游从上线到现在也只有一年。旁边屋子里，杨真提出疑问。

“估计是从程序员编写第一行代码那天算起。”迟健民回答道。

“职业？”审讯室里，警官继续询问。

“虚拟伴游，向公众提供各种生活问题解决方案，在非数字世界里……”

"你说的都是什么？老实回答问题！"警官按捺不住，大声呵斥。

不，不能这么问。杨真突然闯进去，打断讯问的警员。她从手机上调出一张照片，上面是一对母子，背景是本城中心公园。活泼可爱的男孩子扬着手，母亲蹲在旁边搂着孩子。两个人都望着镜头，显然另有拍摄者。

"方海洋，你认识这两个人吗？"

方海洋瞄了一眼，无动于衷："大型多媒体文件名叫于薇，在非数字世界里与方海洋有线性包含关系，从事金融服务业。多年来工作单调，欲求不满……"

杨真背后的警员忍不住笑出来，马上又板起面孔。方海洋不为所动，语速都不变化："……小型多媒体文件叫方宣，方海洋的子文件，生成时间八年，学习成绩较差，患有轻微感觉运动失调症，预计十二岁后自愈。"

杨真很想扇他一记耳光，这样没心没肺的人还是头一次见到，好不容易她才把气压下去："9月11日夜，你到新力大厦停车场去干什么？"

"等候名叫肖亚霆的多媒体文件。"

"等他干什么？"既然方海洋不愿意使用正常概念交

谈，杨真就按照他的逻辑问下去。

“降低其用户界面版本。”

“估计就是‘毁容’的意思。”旁边屋子里，韩悦宾小声对同事们分析道。

“用什么方式？”杨真继续讯问。

“硝酸。直接作用于模本识别系统。”方海洋的表情仿佛是一台活计算机。

“你并不认识肖亚霆，是谁让你这样做？”

“用户。”

“哪个用户？”

“拒绝回答，为用户保密是我的行为准则。”

“好吧，我换个问题，你如何知道有人希望肖亚霆毁容？”

“用户直接向我提出请求。我应该使用户系统恢复正常，清理程序碎片是我的工作范围。”

杨真耳孔里佩带的微型通话器响了起来，蔡静茹向她小声说了个问题。杨真朝监控器点点头，转身又问道：“你既然是阿辉，肯定能够对全网进行搜索，那么在实施毁容前，你是否搜索过毁容案的判决结果？情节严重者可判死刑，注意，是死刑而不是死缓。”

“我认为……”

突然，方海洋的自信像被狂风卷走，表情僵在脸上，仿佛影视节目定了格：“我……我……”声音在他喉咙里咕噜着，含混不清。片刻之后，方海洋想抽出双手，无奈它们都被锁在椅子上。

方海洋挣扎着，咆哮着，椅子被焊在地上，他这么用力肯定无法挣脱，但绝对会自伤。几个男警官冲进来，才算把他控制住。

“我……我……我……”

那个附了体的虚拟伴游不知去向，一个颓唐猥琐、目光散乱的人坐在椅子上。之前十几个小时里，警服、警车、审讯室这些威严的刺激物都没使他从幻觉中清醒过来，直到听见“死刑”这个词。

“我……这是在哪儿？”

“杨真，”梁处长从耳机对杨真说，“停止审讯，他撑不住了。”

◆ ◆ ◆

把方海洋押下去后，大家从头观看审讯录像，分析着刚才发生的怪事，各抒已见。

“什么被催眠，我看他就是在表演！装蒜。”

“那他为什么袭击肖亚霆？这件事对他自己完全没有意义。”

“注意，他知道魏衡的个人信息，证明他有过黑客行为。”

“但我们全程监控，没人入侵过魏衡的电脑。”

“……”

过去二十四小时，杨真一直在连轴转。她抽了个空，去卫生间洗把脸，稍稍清醒一下。杜丽霞过来叫她。梁文博正在听取组长们的汇报，要她也去。

“我也去？合适吗？”

“别废话，快跟我来。”杜丽霞拽着杨真，走进会议室。里面，几个组长已经把各自掌握的情况讲了一遍，异口同声希望对网迅公司进行调查。

“如果是其他公司，我现在就可以签发搜查令，但是网讯公司不一样。”梁文博沉吟半天，摇了摇头。网讯公司确实不一样，他们是公安系统网络追逃软件开发项目的技术供应方！

如今，逃犯的年龄已经下移到“80后”“90后”。很多逃犯从小上网，潜逃过程中虽然知道上网容易暴露行踪，但是按捺不住网瘾，有些人会偷偷地匿名上网，到自己熟悉的网站上转转，看看留言，发发评论。

通过大数据技术，网络追逃软件可以记录逃犯作案前发表的网络言论，从中分析出他的言语习惯。如果逃犯匿名上网留言，只要积累到一定内容，一个自动巡游程序便会发现他的位置，及时报警。

这就是网络追逃软件的原理，随着逃犯年龄不断下移，网络原住民的比例逐渐上升，这种软件的价值越来越大。然而要做成这种软件，光凭技术力量还不行。公安部的网站不允许普通人登录，不会留下他们的言语记录。要让这种追逃软件有效，必须与流量排在全国前几名、拥有几亿用户的网络巨头合作，依靠他们的海量数据。

就这样，网讯公司成为“追逃软件”的合作开发者。有这个背景在，梁文博当然有所顾虑：“我知道，当务之急是要让虚拟伴游立刻下线。蔡组长，你找到合适的法律条款吗？”

蔡静茹摇摇头：“与阿辉有关的几个案子里，无论袭击公民个人，还是破坏信息安全，实施者都与网讯公司毫无关系。除非我们真能证明他们是被一个程序所催眠。”

事情又回到了出发点，过去几乎每个案子里，调查处都面临这个难题。当事人做的事没有哪条法律可以约束，他们只能用更详细的资料证实它们突破了法律界限。

“龙剑，杨真，你们先把这个方海洋的背景调查清楚。”

“明白！”

“史青峰，你回特别监管处，准备几个房间，再准备好精神科医生。这起案子可能又要关几个疯子。”

特别监管处是在“我们”一案后设置的，现在还有十几个涉案人员关在那里。他们在该案中并联最久，精神状态无法恢复正常。看到方海洋，确实让大家想到了那些人。

调查结果表明，方海洋多年沉匿网络，妻子已经提出离婚。方海洋除了电脑和各种外设，其余财产一律不要，孩子也不准备抚养。杨真曾希望请家人用亲情唤醒他的原始自我，但是家属对他反感至极，拒不配合。

“他和我们母子没有任何关系。不管孩子病得多厉害，他都能安心打游戏。这种人能当父亲？什么，会判刑？好好好，你们快把他关起来吧。监狱里没有网络，那对他倒不是坏事！”

这时的方海洋仍然没有恢复自我意识，但已经能回忆起主要的生活经历。他“变成”阿辉只有十几天。麻烦的是，随着原来的个性一点点恢复，他又无法准确复述这十几天都做了什么。

“你们看，他恢复正常对自己有什么好处？”杜丽霞指着特别监管室里的方海洋，感叹道：“想想刚被捕的时候他是什么样。家庭没了，工作单位不会再要他，但是他一点不知道，自以为是‘阿辉’，神通广大，济世救人，多幸福啊。可是一旦彻底清醒，发现工作、家庭、财产这些都没了，那不是更残酷吗？”

“我倒有个狠主意……”龙剑说到半截，犹豫起来。

“快讲，别吞吞吐吐的。”杨真催促道。

“你们不是怀疑他被阿辉催眠了吗？不如就给他电脑

和手机，让他继续和阿辉泡下去，看看会怎么样？”

杜丽霞耸耸肩。龙剑说得有道理，但是却不符合监管程序，没法实施。

方海洋已经有三十个小时没上网，此时眼神散乱，呼吸急促，瞪着红红的眼睛，完全无法回答警方提问。如此严重的戒断反应，就连多年从事禁毒工作的龙剑也是头次见到：“看这架势，相当于吃了几年摇头丸！”

杨真看着方海洋，联想起了冯源，在他死亡前，不知用了多少时间去过瘾。网络在他们心目中已经重于食物和水。看看情况严重，史青峰做主从戒毒中心弄了些药。他担心方海洋的戒断反应进一步严重时，非药物不能控制。

中午，梁处长又来听取他们的汇报：“什么？你们要让他上网？”

“是的，不单是为了调查，这样对他也好。”龙剑补充，“多少能缓解一下戒断反应。”

梁文博考虑再三，才同意他们的提议。史青峰在监管处里找了间屋子，搬出所有办公用具，又搬进一些家具，把它打扮成普通家居的样子，尤其注意遮盖墙上的各种警用标记。总之，不能让阿辉通过视频看出问题。

然后，史青峰给方海洋拿来电脑和VR头盔，让他上网。其他人通过闭路电视观察他的行为。要实施这个方案，方海洋不能穿号服，带戒具，要保持平时的穿着打扮。所以史青峰还要站在门口，随时准备冲进去解决突发问题。

果然，阿辉一出现在屏幕上，方海洋的肩膀就不再耸动，脸上洋溢着平静和幸福的表情。

“实时时间32小时36分，无系统恢复，无读入显示。我去了什么地方？”阿辉开始用奇怪的方式和方海洋交谈。

“用于解决用户问题，魏衡子目录下第五项。”

“我是否成功？”

“我成功了，该项问题已解决！”

望着屏幕上出现的对话，大家面面相觑，这是什么意思，他在说什么？还是杨真最先猜出答案：“方海洋在向阿辉掩饰失败。现在他的个性和阿辉已经有些脱离。”

大屏幕上，更加匪夷所思的对话开始了。

“过去十二个小时里，非数字世界中，一千一百五十六个多媒体文件自行输入。”

“过去十二个小时里，非数字世界中，一千一百五十六个多媒体文件自行输入。”方海洋把阿辉的话一字不落地重复了一遍。

“过去十二个小时里，非数字世界中，三万五千八百六十六次操作命令提呈。”

“过去十二个小时里，非数字世界中，三万五千八百六十六次操作命令提呈。”

“你们注意看他的面部表情。”杨真指着屏幕提醒大家。高傲和自信又开始在方海洋脸上凝聚，那个失魂落魄的瘾君子不知飞去了哪里，方海洋正在变成阿辉。

“经中枢比较执行条件，决定用非数字方式执行十七个指令。”

“经中枢比较执行条件，决定用非数字方式执行十七个指令。”

“处长……”杜丽霞于心不忍，“这样对方海洋是不是有伤害？”

“再观察一会儿吧。”梁文博摆摆手。大家就这样看着方海洋在网络间一点点失去自我。

“我执行其中一个指令。”

“我执行其中一个指令。”

“目标文件，多媒体系统，文件名梦天商厦，地址，江汉北路136号，删除！”

“目标文件，多媒体系统，文件名梦天商厦，地址，江汉北路136号，删除！”

方海洋突然停下来，一层雾霭在脸上凝结起来。“不好！”史青峰抓起一针注射剂跑了进去。身边的医生护士也跟着跑进去。他们冲进方海洋的房间只用了几秒钟，他已经从椅子上挣扎着站起来，动作之艰难，就像是有几个大汉按住他的肩头。方海洋面色铁青，呼吸急促，双手在空中乱抓着。

“你们把他控制住，我来注射。”史青峰招呼大家。医生个子大，跑到方海洋身边抱住他。没想到方海洋的腿就像折了一样，立刻软倒，把医生也带了个跟头。几个人就势抬起方海洋，平放到沙发上。史青峰扯开方海洋的上衣，又把他的嘴掰开，防止他在痉挛时咬住舌头。其他人压住他抽搐的身体，史青峰开始向他的左臂静脉注射利眠平。

不一会，方海洋酣然入睡。史青峰站起身，找到头盔，好奇地向里面看了看，阿辉不知什么时候已经离开了屏幕。

这边进去抢救方海洋的同时，那边韩悦宾已经在监测室里复原操作记录。等到这里把方海洋安顿好，他也得出了检测结果。果不其然，阿辉用远程登录方式删掉操作记录。根本没有黑客，捣鬼的就是它本身！

半天后，蔡静茹那里又报告了一个匪夷所思的线索。十年前，一个名叫黄莹的心理学硕士研究生找到张勇信，申请进入他刚刚开张的重生学校研究网瘾患者。张勇信以为她想当实习教师。黄莹却说，她要化装成学友，和他们同吃同住，深入研究网瘾患者的行为特征。她还可以配合张勇信，表演深度网瘾患者的各种症状，然后再表演戒断过程，向外人证明电击疗法何其有效。

能够免费得到这么个得力助手，张勇信欣然让她加入团队。黄莹用化名进入学校，从头到尾参加了几期戒网班，然后又到分校接着表演。那时候全校学友都认识她，叫她“陈芳芳”，无人知道其真实身份。

黄莹离开重生学校后，又不断介绍学弟学妹过来，继续扮演网瘾患者，暗中对其他学友进行调查研究。直到五年前，黄莹才与张勇信切断了所有联系。后者并不知道这群人现在去了哪里，以为他们拿着研究材料去写毕业论文了。

“我一直在调查这群人的下落，已经查明，他们全部都在网讯公司！”

蔡静茹出示了一份刚整理的名单。那是网讯公司里一个神秘的小部门，对外称作“人类行为研究室”，负责人称“主任”，从建立伊始就由黄莹担任。或者说，这就是网讯公司为她专门创办的机构。网讯现在已经有几万员工，层级很多，黄莹却是尚磊核心圈的人物，有事可以直接向他汇报。

至于黄莹入职网讯的时间，正好在她离开重生学校前后。黄莹进入重生学校时，网讯公司已经成立了十三年。她是接受网讯的指令去做卧底，还是带着收集到的资料投奔网讯?

在公开场合里，网讯一直是电子游戏市场的维护者，大批将游戏与不良行为作切割的学术文章都由网讯秘密资助。揭露戒网学校各种黑幕的文章，也由网讯在到处推送。一些从戒网学校里出来的学友，后来更被网讯培养成游戏电竞选手。

至少在表面上，网讯与戒网学校应该势不两立才对。难道，这里面也有一场无间道？梁文博问杨真：“这个黄莹在心理学方面是你的同行。根据她做的这些事，你估计她到重生学校的动机是什么？”

“收集网瘾患者真实的行为表现。”

作为一个席卷全球的社会问题，网瘾的出现不超过二十年，各国心理学家都还没有很好的测试手法。他们最拿手的是问卷调查，所依据的也是二十年前编制的赌博成瘾问卷，测试效用非常差。

“最有效的研究办法，就是长期待在一群网瘾患者身边，直接观察他们的行为，暗中做记录。如果我想研究网瘾现象，我也会这么做。”

杨真的推测回答了一半问题。但是，黄莹为什么带着这些研究成果入职网讯？作为一名正规的学者，在重生学校待过的一年多经历，可从未出现在她撰写的任何一篇论文里面。

◆ ◆ ◆

肖毅家的家庭聚会通常都是轮流作东。这天轮到肖亚霆负责，亲人们陆续来到他的'鬼宅'。牟芳一见到杨真，立刻叉起腰兴师问罪："好啊，拿我老公去钓鱼，也不和我商量，出了事怎么办？"

"不会的不会的，我们保护得很严密。"

"那也不行，必须教训你。咦，今天这个发型你花多少钱做的？我得毁了它。"

说完，牟芳张牙舞爪，跑过去抓小姑子的头发。杨真在客厅里边躲边喊："大哥，大哥，管管你老婆，要出人命啦。"

厨房里传出肖亚霆的回应："我哪管得了她，我是我们家第四公民。"

杨真惊奇地喊道："咦，你家就三口人，怎么混成第四公民？"

"哈哈，小姑忘了我们家还有一只比熊。"肖姗在旁边笑得前仰后合。她正在摆弄杨真带来的小机器人，那是江志伟送给孩子的礼物。他今天在公司有事，就由杨真带为赠送。

牟芳不依不饶，把杨真按在沙发上就去弄她的头发。肖亚雯走过来拉住她："嫂子，人家现在可有人撑腰，不比以前了。"

"哼，暂时放过你，以后让你那口子过来当几天保姆，算是赔偿！"

姑嫂两人正在打闹，肖毅走了进来，招呼杨真坐到他对面，问道："听说你们有个涉及网瘾的案子，进展得怎么样？"

肖毅是调查处的科学顾问，杨真现在也确实有问题要请教："您说过，长时间使用网络会产生类似催眠的作用，这种催眠能有多深？"

从绘画、雕塑到皮影戏，从电影、电视到电脑，从静态网页到动态网页，从画面到视频，人们一直在追求更强的吸引力。然而……肖毅正好看到桌上摆着个VR头盔，是肖姗平时玩的，他就把它拿起来。

"无论肉眼对着什么目标，只要视野里还有其他东西，就保留着随时唤醒的可能性。即使放电影，也会有人走来走去。VR这东西不同，可以屏蔽环境中一切不需要的光学信息，形成彻底的沉浸。一旦VR全面代替普通屏幕，对人洗脑就会快得很！”

又让肖老师猜对了，作为第一款网络版VR头盔，虽然只是试用版，但是网讯已经发行了上百万套。杨真把最近的调查进展讲了讲，尤其是介绍了那个迷失自我的方海洋，肖毅全神贯注地听着，陷入沉思。

“一个人能完全把自己当成另外一个人，这种现象您见过吗？不，这都不算另外一个人，是把自己当成一个虚拟角色。”

肖毅把身子往后一靠，以手抚额头。变态心理学不是他的专业，但是多少也接触过一些案例：“就拿我见过的来说吧，有人把自己当成霍元甲转世，有人把自己当成CIA间谍，总之五花八门。至于说虚拟角色，农村抓的神汉里面有人把自己当成孙悟空，平时行走坐卧都像只猴子。有个女人幻想自己是陈靖姑附体，到处给妇女治病。她是真的进入这个角色，不光不收一分钱，还自己支付各种费用。这么一来，当地公安局都没法抓她。”

“陈靖姑是谁？”

“福建的一个地方神，专门保护妇女儿童。”

肖毅告诉她，这些人大部分都有剧化型人格障碍。他们模仿一个角色，会丧失自我，真把自己当成那个角色。远古的巫师、近代的巫婆神汉，很多人其实都有剧化型人格障碍。只不过，当年没有心理学家给他们做鉴定。

所以，对方海洋这些人进行性格鉴定，便会得到答案？知道下一步该做什么，杨真非常高兴，又问："肖老师，我还有个问题想请教。张勇信的戒网学校办了那么多年，正面反面言论报出很多，您为什么一直没表态？那可是典型的行为矫正问题——您的专业啊！"

这个问题看起来并不轻松，即使面对亲人，肖毅仍然思考再三才开口："我没有公开表态，是因为现在的研究成果远不足以得出结论。但我一直在关注这些事。你要听我的态度？那好，我觉得，事件中每方都有自己的问题。"

"每方都有问题？"

两人中间的茶几上摆着一套茶具，肖毅从里面拿出一个茶杯，摆在旁边。

"这个杯子代表戒网医院，网瘾是不是病？我认为不是，即使有世卫组织的新规定，我也坚持自己的看法。

科学还不能证明这些行为背后有不可逆转的生理异常。‘病’和‘错’可是两个完全不同的标签，不是病，就不能当病人收治。这是他们的错误。”

肖毅又拿过一只茶杯，摆到前一只的对面。

“这是游戏公司，戒网学校的对立面，他们提出的指控都有法理上的依据。但是你也知道，编制游戏最重要的指标就是提高黏性，就是刻意剥夺玩家自我控制的能力。今天，无论道德还是法律都不能约束这种研发，是因为它们远远落后于技术的发展。”

肖毅再拿起一只杯子，放到它们旁边。

“这是那些被关进去的‘学友’。他们失去人身自由，遭遇变相的非法拘禁，肉体上承受了痛苦。他们想逃走，想恢复自由，出去之后在网络上发出咒骂，这都可以理解。但是其中一些人确实有网瘾，日后工作和生活真不受影响吗？即使按最严格的标准去衡量，中国也有6%的网民陷入成瘾状态，那就是四千万人！相当于西班牙的人口总数。这是天大的社会问题啊！”

肖毅又拿起一只杯子，摆在“学友”的对面。

“这是那些付了费的家长，整个事件中声音最小，也是立场最坚定的一群人。没有他们不惜代价坚决付费支持，任何戒网医院都办不起来。现在舆论把矛头指向这些人，说他们都是失败的家长。可是孩子成瘾的后果他们要承受一辈子，这样做也有充分的理由。”

四只杯子已经摆在那里，中间还空着很大一片。咣！肖毅将茶壶摆了进去。“但这都不是最根本的问题，和这个大问题相比，上述四方的分量微不足道。”

杨真望着那只厚重的茶壶，一时想不出它会代表什么。

“改变人类行为的四要素，你一定记得吧？”

这是行为科学的看家定理，杨真脱口而出：“奖励、负奖励、惩罚、负惩罚。”

“对！一个完备的强化体系应该四者兼备。但是古代社会很贫困，没条件经常搞奖励，所以惩罚和负惩罚就用得多。现代社会富裕了，资源条件宽松了。这时人们就发现，让谁去实施惩罚？那可是要得罪人的！大家更愿意充当奖励者，更愿意做好人而不是恶人。我说的这些话，你作为警官应该有感受吧？”

杨真点点头。是啊，谁都可以不承担惩罚者的恶名，只有司法人员推脱不掉，他们的工作就是在得罪人。

“结果，现代社会的奖励越来越多，惩罚越来越少。大家都是一团和气。一个人有不良习惯，那有什么，那是他的个人选择啊，别人有权力改变吗？社会这么发展下去，就会从严刑峻法走向另一个极端。”

肖毅环顾四周，正好看到肖姗的小书架，从上面抽出一本凡尔纳的科幻小说：“这位作者你一定知道吧？”

“知道，我小时候也读他的书。”

肖毅告诉杨真，凡尔纳给全世界的孩子们写过不少好书，却不会管教自己的儿子，非常溺爱，不愿矫正孩子的坏习惯。小凡尔纳早早辍学，和社会青年混在一起。父亲当然要管教孩子，父子二人大吵一架，小凡尔纳离家出走，和黑帮混在一起。

这可是几代中国孩子的启蒙老师啊，杨真没想到凡尔纳也有这么糗的家事，仔细想想也不意外，凡尔纳在小说里给读者很多知识，但却没有哪部小说描写教育孩子的过程，看来他在这方面确实没什么经验。

“那他怎么办？”

“当时法国法律规定，如果父亲觉得自己已经管不了孩子，可以提出申请，送孩子进监狱短期服刑！”

“进监狱？凡尔纳会把儿子送进监狱？”

凡尔纳做了这件事！甚至为此去走后门，找到身为警察局长的朋友，托他帮忙把儿子关进去。这和重生学校那些家长完全相同，那就是一百年前的戒网学校。

肖毅把厚重的茶壶捧起来，严肃地说：“如果没人愿意做得罪人的事，最后伤害的就是整个社会！”

第七章　合法黑客

难道，传说中的奇点终于来临？一切都是虚拟伴游自己在搞鬼？人类要开始面对拥有自我意识的程序了吗？

虽然各位警官久历奇案，但这样的案子却还是第一次接触。带着莫名的兴奋，几员干将在会议室里热火朝天地讨论起来。

“你们看这两个词，已经说明了问题。”迟健民指着正在墙壁上回放的聊天记录，“非数字世界，非数字方式。这意味着什么？我们把周围叫现实世界，把网络叫虚拟世界，而这显然是虚拟伴游的视角。它已经不满足于在数字世界里回答问题，它在升级，它要实际解决问题。但它没有实体，跳不出电脑和网络，必须在现实世界里培养化身。所以，奇点可能已经出现在我们面前。”

“我的天，”韩悦宾连连摆手，“你在谈一个精灵？一个网魔？不不不，奇点可没那么容易到来。就是‘胚种案’那样惊天动地，人工智能专家都未将其定义为强人工智能。”

杨真想起江志伟的介绍，正好可以支持迟健民：“使用自主生成程序就像养孩子，早晚家长会发现，孩子正在做自己想象不到的事。虚拟伴游已经积累起海量的变化，就是让网讯所有程序员集体审查，恐怕一年下来都查不清它一个月的变化。”

蔡静茹站起来，摊开双手：“各位，如果这次我们的对手是个计算机程序，法律就无能为力了。不，虚拟伴游只是个出问题的软件，责任还要由网讯公司承担。是他们盲目冒进，对技术研发疏于监管。”

即使如此，也没有哪条法律禁止人类编制自主生成程序。别说禁止，哪国立法者听说过这个概念？更不用说明白它的危险性。身为法律专家，蔡静茹比同事更清楚，像网讯那么大的企业，早就雇了一堆法律顾问等在那里，找到推诿的理由还不容易？

是的，从当年第一起案子开始，这就是调查处的难题。他们是执法者，必须在法律框架内行动，而法律却很少能提供足够的支持。

梁处长一直在听部下分析案情，听到这里已经有了决断。他示意大家安静下来。

“这起案件确实没有适用的法律。但是问题摆在面前，必须有人来处理。史青峰，你带方海洋去特别监管处，先让他戒掉网瘾，不能再用他寻找线索。杨真，所有把自己当成阿辉替身的人，你给他们都做一下脑成像，外加人格鉴定，看看是不是剧化型人格障碍。蔡静茹，你把这些调查结果总结一下，正式通知网讯公司……”

“方宣！”

监控器里传来一声大喊，把众人吓了一跳。大家仔细去看，却是在监控室里酣睡的方海洋正在说梦话。喊过这一声后，方海洋翻了个身，又发出鼾声。

方宣？这个名字很熟悉，最后还是史青峰先想起来：“天啊，他梦到他儿子了。”

◆ ◆ ◆

“这就是他们的脑成像。”史青峰移动鼠标，一页页给杨真调看检测图像，“你瞧，双侧岛叶、右侧颞下回皮层厚度明显增加，双侧颞上沟、右下顶叶皮质、右侧楔前叶、右侧中央前回、左侧颞中回，这些地方皮层明显薄于常人。”

难道肖老师的估计有误？杨真指着脑成像图问：“有这么明显的生理变化，能不能确认网瘾是一种疾病？”

史青峰的生理知识强过杨真，越是这样，越是不置可否：“一个人很久不锻炼，肌肉肯定萎缩，但不能认为他的肌肉生了病。脑也一样，用进废退而已。”

如今的仪器已经十分精细，能够观察到很多恶习伴随的生理变化。可是在这个问题上，心理学家仍然搞不清先有鸡还是先有蛋。

“那怎么才能确认它是一种病？”

“别问我，答案你都能想出来。”

“我？我想不出来啊。”

要搞清这个问题，史青峰给杨真设想了几种研究方法。比如，每个孩子生下来强制作脑成像，长大后再比较他们的行为差异，看看是先天缺陷，还是后天变化。或者找一群健康人先做脑成像，再想法让他们染上网瘾，对比前后两次扫描的结果。

“都是很简单的实验设计。只要下狠心做李文涛做过的事，心理奥秘指日可解！”

李文涛的脑切片还存在调查处，与他们只隔着几堵墙，那是他们的训诫，这个教训阻止他们往那方面去想。

◆ ◆ ◆

蔡静茹估计得没错，网讯公司公关部接到公函后便发来律师的回复，声称自己的软件没有问题。尤其是对于有可能涉嫌金融犯罪的“钱商”软件，回函中反复讲述它的好处，比如企业可以压缩会计队伍，国家可以减少公务员，不一而足。

“胡扯，转移视线！”梁文博把回函扔到一边，让蔡静茹和杨真一起上门。网讯公司见状，派出法务部的人来接待。

在北京，网讯有幢独立大厦，里面是中空结构，阳光射进天井，在一楼大厅地板上留下朦胧的光晕。杨真和蔡静茹随着导引员进入观光电梯，升向十五层。刚过第七层，就能看到周围一圈圈都是网讯的机房。巨大的圆形超净空间环绕天井，每层都有两个篮球场大。成百上千台衣柜大小的黑色服务器就像全副武装的战士排列成行，偶尔可以看到粗大的排气管。服务器运行时，中央空调远不足以散热，碗口粗的塑料管子蛇一样在机房里绕来绕去，把热气抽到楼外。

这里没有阿辉的笑脸，只有金属板和电子束，但是“它”就在其中。如果许萍置身于澡堂般闷热的机房，看到密密麻麻的服务器，她还会迷恋阿辉吗？

网讯集团在中国香港、美国和欧洲几个证券市场上市，是一家跨国公司。高层有不少外籍人士，法务部长是个德国人，汉名“高玉文”。杨真曾经听张晓风说起，尚磊有个核心圈，里面的人在公司的职务可能不高，但却随时可以进他的别墅密谈。其中大部分都是外国人，高玉文就是其中一个。

“两位女士，欢迎你们的到来，希望能对贵处的调查有所帮助。”

高玉文说着标准的普通话，礼貌有加。蔡静茹直来直去：“不，不是提供帮助，是接受调查。”

高玉文笑了笑，先请来人入座，又为难地皱皱眉：“公安部门调查网讯，我很吃惊。像我们这样在多个国家上市的公司，肯定要在各国法律许可范围内经营，设计伴游软件时就特别要求它拒绝回答诸如卖淫、毒品、洗钱、武器销售等方面的咨询。”高玉文无辜地指指身后的奖状，接着说：“你们看，贵国各级政府和主管部门都对我们的经营予以肯定……”

“先生，”蔡静茹不让他再绕下去，“你们的伴游软件出了事，带来了不良社会后果，这才是我们关心的。”

高玉文摊摊手：“我看了公函，你们要公司向警方披露虚拟伴游的个人用户数据库？不，这个要求我们无法满足，只要用户没犯罪，任何一家网络公司都不会公开他的用户数据。还有这一条，暂时关闭伴游的自主生成功能？那还不如让它下线，它就是靠这个功能在运作。就像汽车里的导航软件，如果不能随时更新，会给用户带来巨大的麻烦。”

蔡静茹继续施加压力：“高玉文先生，您面对的是一次公关危机，处理不当，有可能极大损害贵公司形象。在网络时代，这也许只需要五分钟。”

“然而为客户保密是我们IT公司的生命线。我知道，你们的政府不太关注这个问题……”

蔡静茹脑子里装满案例，立刻搜索出一个反击的武器：“不光我们的政府。2016年，美国加州发生恐怖袭击，死亡14人。FBI就曾经要求苹果公司解锁其中一个嫌疑人的手机，寻找同案犯的线索。”

果然是高手，碰到法律专家，高玉文只好打太极：“唔……听了你们的介绍，如果真出现那些现象，恐怕更多还是当事人的性格缺陷所至。毕竟，技术迷恋很大程度上也是成瘾行为。我们的心理专家研究过，以下性格缺陷会导致成瘾行为：多动症、社交障碍、睡眠障碍……”

“你说的心理专家是黄莹女士吗？”

杨真来了个突然袭击，让高玉文一愣。为了考虑这个问题是否该回答，如何回答，他有几秒钟没开口。对于两名警官来说，这已经足够了。

“我……我们的……”

“高玉文先生，不管科学界对成瘾现象有什么争议，如果企业雇用心理专家，故意诱发顾客的成瘾行为，那就另当别论了。”杨真眯起眼，盯着高玉文，“互联网介乎良药和毒品之间，你们是在贩卖良药还是毒品，性质可是完全不同的。”

高玉文转转眼球，决定还是不发生直接对抗：“两位警官，我不是技术专家。有关虚拟伴游的问题，我可以请首席技术官林昭东先生和你们交换看法。”

两人来之前研究过网讯的人事资料，知道林昭东是自主生成软件方面的首席专家，但她们没想到在高手云集的网讯公司里，此人的谱也很大。高玉文带着她们来到技术部。一个矮胖的中年男人看到他们进来，摘下眼镜，慢慢地擦着，然后又戴上，竟然没向任何人打招呼。

这就是虚拟伴游之父林昭东，十足的油腻中年男人，鼻梁塌陷，后背驼起，走路时还有点罗圈腿。实际年龄不到四十岁。不合身的T恤显得他肚囊凸出，脚上还蹬着拖鞋。公司里没人挑剔他的穿戴。作为顶级程序大师，林昭东不需要用外形赢得尊重。

听完高玉文的介绍，林昭东翻翻眼睛：“什么？深度催眠？自我丧失？剧化型人格障碍？这都什么乱七八糟的？和程序设计有关系吗？”

蔡静茹张口提问，林昭东没听两句，便开口打断：“你们单位没有合格的程序员吗？阿辉活了，在网络里待得不耐烦？外面这么大，它想去闯闯，还引诱网友杀人？这哪里是技术分析，纯粹胡扯！”

这番无礼的话不光令来人很愤怒，高玉文脸上也有些挂不住，连忙暗中向林昭东摆手，后者虽然看到，但是无动于衷："虚拟伴游是软件业的巅峰，不是一流的软件专家最好别乱开口，省得闹笑话。"

杨真强压愤怒："林先生，自主生成程序的概念早有人提过，为什么谁都不开发？就是编程者无法监测它生成的全部新程序。不，不是指数据，是指程序本身，它能够自行生长。"

林昭东一边听，一边打量着这个女人，估计着她的分量。

"当初你们宣布伴游上线，软件业同行都对你们能否驾驭它表示怀疑。你们的公开资料用模棱两可的措辞回避了这个问题。现在事实表明，你们并没有解决它，只是在冒险使用。你们无法搞清阿辉自主运行时究竟生成了什么，因为那是个天文数字。"

为了在技术层面上和对方激辩，杨真做了充分准备。不过，林昭东听到她的话，就像是没看到她本人一样，仍然滔滔不绝。

"第一，我们完全可以实时检查所有生成的程序，但此类技术涉及商业秘密，无可奉告。第二，伴游为服务网友而设计，无论它生成了什么，都对社会无害。至于个别初级程序员有点技术上的疑问，我没时间解释。”

争执了半个小时，谈话毫无结果。高玉文压抑着内心的兴奋，换上遗憾的表情，将她们送到大院里：“很抱歉，没能给你们提供有效帮助。”

蔡静茹刚打开车门，听到他这句话，又转过身去：“不，是在帮助你们自己。事情比你们想象得更严重！我希望贵公司能驾驭这些技术天才，而不要被他们所控制。”

钻进警车，两人向总部驶去：“怎么办？”蔡静茹坐在副驾驶位置上，急得直拍座椅。她们都想起“我们”那个案子，对手如果不是人类，就不能用人类的时间节奏来判断。

“下一个方海洋随时都能出现，没时间了。”杨真也是心急如焚，“对了，蔡姐，你刚才说的加州恐怖袭击那个案子，苹果公司执行FBI的要求了吗？”

“没有，FBI自己找专家去解锁的……”

两个人几乎同时拍了一下自己的大腿：“咱们处里那些专家怎么样？他们行吗？”蔡静茹问道。

“他们不行也得行！”

◆ ◆ ◆

这次，他们的任务难度空前的大，他们需要黑进虚拟伴游的数据库，找到它对受害人洗脑的记录，还有它和许萍这些“主人”的互动记录。哪怕只有一起记录能证实伴游软件遥控网民进行违法行动，就能以危害公共安全为理由，要求网讯公司关闭这个软件，并接受惩罚。

“和‘胚种’那个案件完全相反，虚拟伴游对现实世界早就拥有海量知识，但是却没有形体，它得从人类中间寻找代理。”杨真向梁处长强调这个案子的不同。

梁处长看过申请，沉吟片刻：“这事我有权限拍板，但你们有把握攻进去吗？那可是全球顶级网络公司，信息安全技术非常强。”

“我有个人选可以帮忙！”杨真说的是张晓风，既是程序专家，又从网讯公司离职，对老东家一直愤愤不已。

“那好，速请他协助我们！”

打个电话把他叫来？那当然不行。杨真亲自来到“生活2000”去请张晓风。在那个屏蔽网络的世界里，张晓风过得逍遥自在。但是听说虚拟伴游出了事，还是立刻向韩津请了假。

“去吧，支持一下他们。”韩津意味深长地对杨真说，“你这才叫不忘初心。”

“什么初心？”

“当年你为什么报考公安大学？就是那个初心。”

当年是当年，现在是现在，不过杨真不想把关系搞僵，含糊地笑了笑，带着张晓风回到调查处。

一进门，见到韩悦宾这些专家，张晓风就合盘托出。虚拟伴游配置双重数据库。第一层叫原始数据库，记载它与网民互动的原始资料。第二层叫应用数据库，通过筛选，将冗余资料删除后存档。前者的信息量是后面的百倍，甚至千倍。原始数据网讯公司很少用得上，但只要贮存空间足够，就会让原始数据库膨胀下去。

“你们要进，就得进这个应用数据库。你们有什么计划吗？”

“唔……从多个虚拟主机发出试探密码吧，我们服务器的功率还行。”韩悦宾说的是通行的黑客手法。

“搞机海战术？那不行，会触发防御功能。”张晓风说了个办法。程序员都爱在自己的作品中留后门，随时溜进去看看。虚拟伴游这么大的软件，原始代码几千万行。部门主管哪查得过来，很容易被程序员留后门。

“那个组的关键人物我都认识，能留后门的不过十个，密码不是姓名就是生日。你们试错时要用拼音组合，包括含韵母和去韵母两种，不行就再颠倒位置进行排列。全部组合不超过两千个。”

在张晓风的帮助下，韩悦宾拟好试错名单，服务器开足功率，以每秒三十个组合的速度进行试探。芝麻果然应声开门，虚拟伴游数据库在第116次尝试中打开了。

韩悦宾立刻在搜索栏中敲入“方海洋”“林勇”“赵宝胜”“冯源”“许萍”这五个名字。前三个人被怀疑遭受“阿辉”洗脑，冯源之死也是他们想解开的谜。五个体量巨大的文件包很快载入调查处的数据库。现在，他们可以学习FBI，慢慢解锁这些文件，不用担心被网讯发现。

夜深人静时，这些操作宣告完成。大家还没松口气，屋子里突然暗下来，所有设备一应俱灭。调查处搬到第一研究所后从没有发生过这种事，他们甚至一下子没反应过来是停了电。

备用电源一秒钟后便接通了，还好，服务器已经作完贮存。很快，电力公司的技术人员到场查看。公安系统与电力部门有协议，要确保供电。后者为他们设计过多套保险系统，保证不受停电事故干扰。

然而除了一所，周围哪里都没停电，显然，这是一次有针对性的袭击。技术人员又去检查周围的线路，很快发现了作案现场。那是院子外面的变压器，作案人显然熟悉它的结构，直接捣毁了分接装置。一所警员在现场周围提取了监控，作案者是个男性，身高一米七八，体重将近八十千克。看那身穿着，调查处的人再熟悉不过。又是一个“阿辉”！

难道，网魔已经知道这里有它的对手？

◆ ◆ ◆

下载了五个文件包，相当于把调查对象搬回自己的屋子。但这只是万里长征走完第一步。要打开这些文件包，判读里面的信息，仍然需要大量的解析工作。

同时，龙剑还组织网警，对虚拟伴游所有用户进行网络排查。初步确定五十多个可能会被洗脑的人。他们或者失业，或是自由职业者，远离人群，亲友认定他们都有严重的网瘾。并且，这些人的外貌特征都很接近“阿辉”的虚拟形象。

更让调查处吃惊的是，各地警方应邀协查后发现，这些人至少有三分之一已经不在常住地，每个人消失前都未对任何人说明去向。不过，单凭这些疑点，还不能让公安机关把他们当成犯罪嫌疑人进行控制。

杨真也看过这份名单，其中有三个人生活在彭建军的辖区。从冯源之死开始，他们就在交换有关这个案件的信息，彭建军可以理解调查处那些离奇的思路。于是，杨真就请他去调查这三个失踪者。

彭建军立刻答应，不过他也提醒杨真，如果阿辉引诱真人来搞袭击，他们可能不会用什么高科技手段，至少前面几起疑似事件中，他们是这样表现的。

“可能是简单的烧砸、冲撞、街头袭击之类。你们要小心。”

度过几天头晕脑涨的日子，技术组终于解开了文件包的密码。展示在屏幕上的仍然是一堆乱码。虽然都是英文，但与传统编码方式完全不同。

“这是梵语言！”

听张晓风说出这个名字，韩悦宾和迟健民都肃然起敬。这是最新的编程语言，由印度软件工程师创编，以“梵天”这位化育之神命名。

“伴游程序的冗余问题为什么解决得那么好？”张晓风得意地说道，“几百万人连篇累牍的废话堆在一起，愣是没把数据库挤爆，只有梵语言能编制这样的程序。”

这种软件好是好，不过学起来很烦琐。许多程序员宁肯沿用已经熟悉的传统编程语言，所以梵语言发布后一直曲高和寡。“可我们解析起来就难了。”韩悦宾皱起眉头，“要知道它的压缩方式，它的主导码，它的内在次序，这些你一定都有吧？”

张晓风耸了耸肩，离职前，他并不在虚构伴游的开发组：“你们不是关着个阿辉的替身吗？让他回忆和阿辉互动的细节，我根据他的复述，用梵语言建个微型数据库，再与这些数据库进行匹配。”

◆ ◆ ◆

特别监管处里面，方海洋像个废弃的口袋，瘫在院子里的座椅上，茫然地望着草坪。那种充满自信的表情早就从他的脸上消失了，甚至连外貌都不如当初那么像阿辉。虽然颓废如此，两名警察还是跟在旁边，提防他有意外之举。

“他已经彻底清醒过来，不过情况更糟糕了。”史青峰告诉杨真，自从方海洋知道自己的真实处境，精神就处在崩溃边缘。

“师兄，他能配合调查吗？”杨真看着方海洋的样子，也是心有不忍。

“试试吧。”

方海洋宛如泥塑木雕一般。然而，网魔的威胁一天紧过一天，处长本来说过不再用他协助调查，还是不得不食言。就这样，大功率服务器一遍又一遍地作着匹配，但是“芝麻开门”的喜悦并没有出现。方海洋在回忆时，前后次序屡屡出错，录制的资料毫无用处，调查又陷入了死胡同。

在现实世界里，经过彭建军调查，三名失踪者都进入了北京。但是他们安静地住在酒店里，东走走，西逛逛，和一般游客无异。然而，调查处不能按常规来处置问题，他们既不知道其中哪个人已经被阿辉催眠，也不知道他会突然以什么方式干扰“非数字世界”。梁处长亲自与市局协商，先派人盯着这些目标。

作为解码组的一员，马晓寒也在加班加点。这天她去餐厅吃饭，手机就摆在桌上。杨真从旁边路过，正好看到屏保上面有一个年轻男人的面孔。

怎么又是阿辉？难道马晓寒工作入了迷，把它设置成了屏保？

杨真弯下腰仔细看了看，这是电脑PS的照片。这个男人站在冰峰之巅，左白云右苍鹭，一派仙风道骨。然而把虚拟背景撤去，这不又是一个阿辉吗？轮廓像，表情像，脸上甚至还有阿辉那种职业化的微笑。

杨真怀疑自己长时间处理这起案件，有点神经质了，看谁都像阿辉。“杨姐有什么事？”马晓寒从卫生间回来，看到杨真在摆弄自己的手机，感觉莫名其妙。

“这个人是……”

“解华，我男朋友，也是老同学，没……没好意思带来给大家品鉴。”

“你们……你们是老同学？”

“当然，我认识他时，他都没长胡子呢。”

杨真一拍脑门，果然是自己神经过敏：“这阵子大家太忙，既然你都有男朋友了，晚上也去陪陪人家吧。”

第八章　峰回路转

入夜，马晓寒和解华漫步街道。他们都有虚拟伴游，解华早就选了阿辉做马甲。不久前马晓寒在老同学那里遇到袭击案，一眼就看出嫌疑人打扮成阿辉的样子，就因为平时经常从解华那里看到这个形象。至于解华本人，他那张面孔马晓寒看了很多年，印象深刻，反而从未觉得他像阿辉。

“今天找我有什么事吗？”解华玩着手机，有一搭无一搭地问马晓寒。

谈恋爱又不是上班，没事不能找你吗？不过话到嘴边，换成了另外一句：“单位最近加班多，今天好容易有时间，就是想看看你。”

“哦……唔……”解华用力地按着键，不知道在玩什么游戏。马晓寒顿生不满。他们青梅竹马，初中时就被同学起哄说是在早恋，高中时确定了关系。大学时，解华迷上游戏。为了保持亲密关系，马晓寒才注册账号和他一起玩，因此才成为网讯的老用户。

但是解华越玩越疯，终致退学，然后复读，折腾很久才勉强拿到本科毕业证。至于工作，也是三天打鱼两天晒网，最近才在一家网购公司稳定下来。割舍不下多年的感情，马晓寒就这样维持着，担心失去了自己的这份关心，解华会彻底缩进虚拟世界。

暮色渐重，冷风吹过。解华忽然停了下来，眉眼紧皱，身体轻微抽搐。“你怎么了？不舒服？出这么多虚汗？”马晓寒赶忙掏出纸币递过去，却被粗暴地拨到一边，弄得她一个趔趄。

“你……！”

马晓寒好不容易才站稳。解华尽管越来越淡漠，但从来没对她动过粗，况且又毫无理由。片刻后，解华的表情又恢复正常：“我肚子疼。”说着，他指指不远处一家购物中心：“我上趟厕所，你等我一会儿。”

解华一溜烟跑进去，找到厕所，闯进一个蹲位后把门反锁，立刻掏出手机，连上虚拟伴游。他的面孔像通了电一样哆嗦着，眼睛一眨不眨地望着小屏幕。由于用了耳麦，外面来往的人听不到动静。

远处，马晓寒坐在广场边的长椅上，眺望着街头的灯火。忽然手机响起来，低头一看，是杨真打来的。“你和解华在一起？”

“是。”

“他在你身边？”

“他不舒服，上厕所去了。”

“晓寒，有危险，他可能是阿辉的催眠对象。”

马晓寒难以置信：“不会吧？解华我还不清楚？阿辉就是一张大众脸，全中国像他的男人得有几十万？”

“不，我们又得到一批嫌疑人名单，里面有他。”

远远望去，解华已经从商场走出来，马晓寒匆匆答应一声，就收了线。解华来到她面前，脸上浮现出久违的爱意，眼神中的温柔达到了近年的最高值，这让马晓寒踏实了不少。他们开始聊起两个人的未来，她最近的工作怎么样，将来他们在哪里买房，什么时候结婚，诸如此类，都是以前马晓寒一提起，解华就回避的话题。

就这样过去了一个小时，解华再没有动一次手机。自己的魅力能超过手机这么久？马晓寒都有点吃惊。眼看到了该分手的时候。他们已经走进一处开放式带状公园，两条繁忙的快速路把公园圈住，游人要从地下通道走过去。外面车流如织，公园里却很安静。车辆的噪声布置起一道屏蔽线，让远处的人听不到公园里的动静。

夜色已深，公园里跳广场舞的人群已经从地下通道散去，假山附近更是人迹全无。是的，这是他们定情的地方，后来却很少回到这里。不过，看着解华的背影，想想杨真的电话，马晓寒心里突然地跳了一下。

解华转过头，伸出一只手：“来，我拉你。”

“别去了，周围都没人了。”

“那不正好吗？”

犹豫片刻，马晓寒还是把手交给解华，心里升起不安的感觉。他们向上爬了几步，马晓寒停下来：“天这么晚，别上去了，万一摔跤……”

解华粗暴地扭住马晓寒的手臂，向山上拖去。“不！不！”马晓寒挣扎着。她在公安大学练过格斗，但是从来没有实操，早已荒废。解华重重一拳打在她的小腹上，把叫声粗暴地止住了。

就在这时，附近灯光闪烁，警笛长鸣，一辆警车呼啸着开过来，冲进公园，直开到山脚边没有路的地方为止。两盏前灯照着山坡，杨真跳下车，手里拿着无线扩音器：“晓寒，定位显示你在这里，有没有受伤？”

马晓寒的口鼻已经被解华完全捂住，整个身体被他死死压倒在地。力气不够，马晓寒只能死命地咬着解华的手掌，她感觉自己的牙齿已经咬进对方的皮肉，尝到了血液的腥咸。解华的手臂明显在颤抖。但他却不出一声，像是被锁定了程序的机器人。

“我知道你在这儿，我马上就到……”杨真一面搜索，一面用扩音器大声呼叫，更多是喊给解华听。希望他还有理智，知道袭警是重罪。然而解华不为所动，他把马晓寒带到这里，只是为了在杀害她时不受干扰。至于行凶后是否会被警方抓到，能判什么刑，全不在考虑之列。

或者说是阿辉全不考虑，它有很多替身，损失一两个完全不算回事。

马晓寒的视野开始模糊，胸膛憋得就要炸开，那个给过她温暖的怀抱就要成为坟墓。解华平时文质彬彬，软弱无力，此时在机械意志的控制下，身体潜力尽数激发，双臂宛如铁箍一般。

假山并不大，但是杨真要想马上找到他们也不容易。于是她停下来，换了个腔调：“阿辉，目标文件错误，文件正在使用，中止删除。”

仿佛被施了魔咒，勒在身上的铁箍松了一下。求生的欲望支撑着马晓寒，利用这一瞬间，她扯开解华的手臂，用尽平生力气大喊："我在——"

声音又一次被解华的重击打断，变成痛苦的呻吟。山路崎岖，光线暗弱，一道黑影仍然健步如飞，攀缘而上。解华刚从身边找到一块水泥砖，想朝马晓寒头上砸去。来人已经蹿到眼前，一脚踢掉砖块，双手抓牢解华的后背，高举过头，扔向山坡。接着，这道黑影又像猴子般蹿出去。解华滚到小路上，黑影也跑到身边，双手一扣，卸掉他的左肩关节。

那边打斗结束，杨真这边才赶到马晓寒身旁，扶着她站起来，又用电筒照着山脚："小王，他受没受伤？"

"放心吧，我自有分寸。"下面传来王鹏翔的声音。必须活擒危险目标，一向是调查处派给他的任务。

◆ ◆ ◆

解华立刻被送进特别监管处，由史青峰带人监护治疗。看着他，众人又紧张起来，阿辉的替身都能打入调查处警员身边，它的影响力比设想的还要大。

警方抄走了解华使用的所有终端设备，一一检查，却发现最近一段时间解华很少联系阿辉，使用频率甚至低于一般网民。至少最近几周内，他的生活方式一点也不具备网瘾特点。而且，阿辉为什么找替身袭击马晓寒？她只是调查处里一名低级警员。

想来想去，杨真想到了个答案：“别用人类的角度，用阿辉的角度考虑问题，调查处是它的敌人，也是一座网络孤岛，它的触角伸不进来，无从判断马晓寒在我们这里是什么位置，它只是要无差别地袭击我们任何人。”

马晓寒告诉同事，虚拟伴游上线时，解华就是第一批用户。那时他还处在失业中，身无分文，和父母的关系也很差。不久前他应聘到一家网购公司，却因为业绩好一路提升。马晓寒当时已经想和他分手，发现他开始努力上进，才留在他身边。

“什么？怀疑我被催眠？不，我不允许你们破坏它！”解华在审讯室里咆哮着，“我们所有替身都是一家人，我们互相帮助，在邪恶的现实世界里抱团取暖，你们无法理解这一点。”

杨真从审讯室出来，马晓寒也追了过来，流着眼泪问道："他是真要杀我？他不是被催眠？"

"什么叫被催眠，什么不叫，现在还没有客观标准……"杨真搂住马晓寒的肩膀，感觉出她的颤抖。按照解华的行为表现，他已经犯下重罪，"即使做司法精神病鉴定，催眠也不是脱罪的理由。"

马晓寒忽然挣开杨真的双臂："你的食堂卡借我用用，一日三餐我都在这儿吃了。"她住得离单位不远，平时都回家吃饭。杨真看到马晓寒脸颊通红，胸膛起伏。认识这么久，这是她最激动的一次。

"你怎么了？你需要休息……"

"不，师姐你知道我在急什么。我要抢回我爱的人！"

"但这需要方法……"

"我有！"

马晓寒给大家讲了她的计划。他们要重新从后门打开虚拟伴游数据库，找到解华的互动资料。然后，她和张晓风一起制作模拟数据库。"解华上网的习惯我一清二楚。他用什么输入法，用什么表情符号，爱讲什么网络语言。用他来匹配很容易成功！"

计划可行！韩悦宾反应很快，再次远程登录。属于解华的文件包下载到调查处的服务器上。一行行乱码流水般出现在马晓寒面前的监视器上，她把解华的网络行为特征一条条输入，再由张晓风转换成数据库模式。速度之快，思路之流畅，仿佛她就是解华本人。

一个小时过去了，马晓寒终于为这个微型模拟数据库画上了休止符，她敲下回车键，嘴里恶狠狠地吐出三个字。

“去死吧！”

屋子里响起连绵不断的哔哔声——服务器在做匹配和翻译。马晓寒跑到卫生间，洗掉脸上的汗。天气并不热，但是她的体力已经透支。

还没等马晓寒回屋，就听韩悦宾发出一声大叫：“打开了！”

◆ ◆ ◆

又打通一关，众人这才松了口气。迟健民、韩悦宾这些技术大咖分析着获得的数据。熬了一夜，天色已亮，杨真准备到宿舍小憩。她在门口领回自己的民用手机，发现有个陌生号码拨打了很多次。看看不像骚扰电话，杨真马上拨打回去，对方居然是高玉文。

“杨女士吗？我们公司有件重要的事要和你谈。”

“哦，你们想通了？要配合我们做调查？”

“不，我们来谈你父亲的知识产权！”

父亲生前研究天文学，能有什么知识产权？杨真累了一夜，表示自己没精力进城，想好好休息。对方却说可以马上过来谈，看样子非常焦急。

私事不能让他们到单位来谈。可是大清早的，昌平这儿能有什么地方可以谈事情？想来想去，杨真只想到附近有处二十四小时营业的麦当劳。高玉文也不介意地方简陋，驱车赶到，随便点了三份早餐。他和一名律师坐到杨真对面，边吃边谈。

“你知道，网络对于新生代就像空气。作为一家担负社会责任的公司，我们准备在这片空气里加入教育成分。首选就是杨先生那本《直到银河尽头》，我们要把它发展成网络游戏！”

怎么又是这本书？它真有那么大的价值？杨真本来累得昏昏欲睡，一下子又清醒了，听高玉文介绍他们的开发计划。原来，网讯公司想以这本书为蓝图，改编一款模拟经营游戏，类似于《模拟人生》《铁路大亨》或者《模拟城市》，只不过背景设置在太空。

玩家随便点开太阳系里某个天体，就能发现上面有哪些资源。金星上有太阳能，木卫一上有地热，土卫六上有甲烷海，土星环里有冰块……玩家要选择各种技术对它们开发和运输。这期间，玩家还要冒自然界的各种风险——高能粒子辐射、引力摄动、小行星撞击。林林总总，不一而足。

通过正反两方面的考验，最好的玩家会成为太空大富翁。

“这既是游戏，也是教学。我们相信玩这款游戏的孩子，未来会成为太空开发最有力的推动者。”

杨真望着他，估量着这些话里面有多少是生意、多少是诚意，但是这并不容易判断，她和网讯不熟，更不了解高玉文：“听上去很好，不过这和我有什么关系？”

“杨永泉先生已经去世，你是他的直系亲属，我们要付给你版权转让费。”

杨真“扑哧”一声笑了出来：“还有这种好事，几万还是几十万？”

“根据无形资产评估的结果，我们要付你一亿三千六百六十二万！”

高玉文居然讲出一个有整有零的数字，以显示公司的专业化。杨真笑不出来了，她想象不出这是多大一笔钱：“这么多？你觉得我身为警察能接这笔钱？”

“拿到这笔钱，你就可以不用当警察了！”

杨真睡意全无，警惕地望着高玉文。后者不躲不闪，直视她的眼睛：“杨女士，这是我们对你父亲的敬意，一个亿根本不算多。”

他们要干什么？干扰我的调查？杨真的脑子飞快地转着。

“也许你对我们公司有偏见，但是在游戏这个平台上，我们做过很多有益的事情。‘论剑’你一定知道吧？它根本不赚钱，是董事长对传统武术的情怀让他投资开发的。现在这个项目也是如此，公司很大，我们不需要每款游戏都赚钱。《直到银河尽头》点燃了人类进步的希望，我们只想给它加把火，让更多的孩子看到它。”

“肯定有附加条件吧？”

“什么都没有。签了字，给我们账号，钱就是你的！”

这种关键时刻找上门来送钱？一定有猫腻。但它会是什么陷阱？在哪里打埋伏？蔡姐要在这里就好了。不过，即使搞不清里面的法律隐患，杨真也很清楚一件事：“你们的法律顾问应该会提醒你，这不是合法的知识产权，没人能拥有它。”

“我们知道，但我们是想以此对杨先生表示敬礼。如果你不方便花这笔钱，可以再把它捐出去。或者，你可以接受其中的一部分……”

“我建议你们把钱给他在网络上的粉丝，他们才是杨永泉的衣钵传人，我不是。”

送走高玉文，杨真马上向梁文博做了汇报。“你一分都没拿吗？”梁处长盯着杨真的眼睛。

“一分都没有。”

梁文博长出了一口气：“他们要干扰调查，只要你收了钱，他们就会大张旗鼓宣传这件事。我们处就会陷入被动。”

“用一个亿来干扰一次调查？”

“所以这更说明伴游软件有问题。”

◆ ◆ ◆

终于搞清了伴游软件数据库的匹配模式，服务器很快译出六份记录。闲言碎语、混乱的图片、杂七杂八的视频信号堆积在里面，称得上浩如烟海。不过有搜索工具，他们很快整理出了有价值的部分。

技术组首先取得解华被催眠的证据。因为关心马晓寒，大家都同意把解华作为第一个研究和取证的对象。在整理过的资料中，他们第一次看到虚拟伴游选择替身、催眠替身的全过程。人工智能先是记录替身的影像，收集替身在网上留下的痕迹。然后，阿辉就着重回答这些人的话题，将他们黏在网上。

进行十几次对话后，虚拟伴游开始加进“如果我是阿辉”的暗示。随着次数逐渐增加，提示语改为“我是阿辉”。几十次对话后，替身头脑里就渗入了数字世界的角度，一点点失去个性，越来越多地机械重复着阿辉式的语言。有了VR头盔，用户一旦进入虚拟世界，阿辉的声音伴随着和缓的音乐、柔美的画面，令人心摇神荡，欲罢不能，很快摧毁了他们的独立意志。

解华多次与阿辉对话，都发生在几个月前，其中更有一次长达三十五个小时的密集催眠。这期间，“我是阿辉”像咒语般出现过一千多次。这次密集催眠最后融解了他的自我意识。从这次以后，他就开始把自己当成阿辉。至于“解华”这个身份和他所拥有的一切，只是阿辉混迹“非数字世界”的权宜之计。他把自己看成数字世界渗透过来的间谍，双方对话不再以“你我”相呼，而是像在方海洋身上看到的那样，阿辉讲述一句，解华复述一句，真正成为行尸走肉。

作为阿辉最先发展的一个替身，解华大部分时间是清醒的。需要他出马有所行动时，阿辉就通过某次互动，阴魂附体般支配解华的身心。就这样，他一共为阿辉“执行”过十次任务，基本上都是鸡毛蒜皮的小事。为了让解华拥有更多资源，阿辉还帮他进入网购公司，并且立刻拿下月度业绩冠军，很快提升为中层干部。

最后一次任务触目惊心——删除多媒体文件马晓寒。不，只有人类才觉得触目惊心。从阿辉的角度来看，只是在外部世界删除一份会带来危险的文件。

有了证据，蔡静茹和杨真再次来到网讯兴师问罪。由于事先接到通知，高玉文和林昭东都在那里迎候大驾。她们将证据摆出来，要求网讯关闭虚拟伴游，清查运行中自主生成的全部程序，寻找强制催眠的案例，直到搞清它对用户的危害性。

蔡静茹严厉地发出警告：“如果知道问题的严重性却不做任何处理，就是危害公共安全的行为，必要时会追究你们的过失罪。”

听完蔡静茹的要求，林昭东先开了口，唾液伴随着他那不清楚的口齿喷了出来：“是什么专家认为虚拟伴游会出问题？世界上最懂自主生成软件的人就在这间屋子里！”

“林先生。”杨真不软不硬地回答道，“我们的专家固然没能力建造大厦，但从你建的大厦上找一条裂缝，还不算困难。我们不需要等楼房垮掉后再确认它是危房。”

“那好吧，你们那些破烂证据是从什么地方、用什么见不得人的方式搞到的？”

“我们的调查符合司法程序。但是——”蔡静茹顿了一下才又说道，“如果一定要通过公开的司法程序才能解决问题，这些资料也将不得不公开。”

一家网络公司，最怕的就是网上的负面信息。高玉文连忙出来唱红脸：“两位警官，你们知道，我们这么大的网站，别说暂停运营某个项目，就是十几分钟的服务中断都会带来严重影响。许多人把网络当成空气，他们不能忍受哪怕一刻钟的窒息。”

“高先生夸张了，网络毕竟不是空气，人们会习惯的。”杨真一句话就把他堵了回去。经受住了一个亿的考验，杨真腰板挺得很直。

林昭东忽然站起来，向门外走去，把一句硬邦邦的话甩给屋里的人：“无聊的对话！”

蔡静茹“哼”了一声，指着林昭东的背影对高玉文说：“上次我提醒过您，这么大的企业如果任由技术骨干说了算，将来会有大麻烦。他们犯了错，再利用专业知识掩饰错误，最后受损失的是你们。”

“唔……”

高玉文知道蔡静茹是在分化瓦解，但是伴游软件的意义非比寻常，这是网讯彻底打败一切互联网公司的关键。有了这把利器，就能培养用户新的使用习惯。无论他们寻找什么服务，一律先向伴游软件咨询，再由它去搜索全网。这个虚拟的人生伙伴将是整个互联网的入口，网讯将永霸产业链的最顶端。

等这场针对几百万老用户的测试结束后，他们就会发布正式版，由用户随意下载。即使有人跟进，第二名也无足轻重，更靠后的竞争者根本活不下来。但如果伴游软件出了这么多问题，别说这个疯狂的愿景，网讯市值都不知会掉下多少。

想到这里，高玉文仿佛在和对手比赛着涵养，依旧不紧不慢地回答道："本公司有很好的规章制度，各部门责任和权力的安排也很均衡。至于调查结果，我们也有专家，他们认为是那些网民的心理素质有问题，要知道，我们不可能在每种程序上为每个人单独设计一个版本。成千上万的人用，总会有个把潜在的疯子。"

蔡静茹决定再给他施施压："你左一个没有责任，右一个没有证据，可是在这个案子里已经有人死去，留下孤儿寡母等一群亲属。还有人受到伤害，连自己的生活都不能自理。这些责任你们逃不过去的。"

就这样耗了一个小时，蔡静茹接到梁处长的电话，要她们回去汇报情况。她思考片刻，决定把杨真留下来，继续给高玉文施压："缠住他，不让他回避，我回来后再和他磨。"

没想到蔡静茹一走，高玉文立刻换了副表情，仿佛经过那一早的交谈，他和杨真已经有了什么默契："杨警官，我们接触过几次，我了解你的为人。也许我可以免费给你提供一些建议。你刚谈了男朋友，是吧？"

"你在非法收集我的个人信息？"杨真心里咯噔一下。

"不不不，我只是法务经理，肯定要让公司的行为合法。不过，自从网讯公司在二十年前成立时起，江志伟先生就是我们的用户，从社交、聊天、购物，乃至贷款，他一路跟着我们公司的发展，使用网讯的各种服务。所以，我们有可能比你更了解你的男朋友。"

这是什么意思？江志伟会有什么小辫子抓在对方手里？杨真心里嘀咕，脸上一点也不暴露："如果他有什么事要和我说，他会主动讲出来。"

"那未必，比如这一条……"高玉文显然有备而来，随手把一个网页投射到墙上。那是网络时代初期的老式页面，只有文字和静态画面。标题显示它属于一个叫做"四通立方"的论坛，这种网络恐龙时代的旧站点，她根本没听说过。

从网页内容上看，那是某年中国足球队输了球，一大堆球迷跑到这个论坛上发泄情绪。高玉文把其中几条标了红线的发言指给杨真看："你瞧，这些都是江先生的留言。"

杨真仔细看着那些留言。

"体制不好，足球都搞不好……"

"这个国家算完了，有机会一定离开它！"

……

杨真眯起眼睛，看着高玉文："你想说明什么？他那年才二十出头，这些留言恐怕他自己都记不得了。"

一个人上了将近二十年的网，会留下几万条信息。没人能记得全，但是大数据技术却能把它们都找到。还能从中分析出此人的性格特征。网络不仅比亲人更了解一个人，甚至比一个人更了解他自己。

"好吧，二十岁的言论不算，那我们就从他三十岁以后开始考察。这个年纪，性格总算能确定了吧？"

又有一些文字投射到墙上。这次不再是几句话，而是一段段长文。

“学历黑洞问题之我见”

“中国科研体制的根本问题”

“院士们作假的几种方式”

……

◆ ◆ ◆

是的，这是江志伟写的。才读了几句，杨真就能感觉出他的语言风格。至于这些话题，江志伟闲聊时也和她说过。

“我们不去寻找其他网站的信息，只统计他在网讯各处留下的文字。其中231条抨击中国科协的管理体制，342条抨击中国科委的管理体制，抨击中科院的有463条，抨击各高校的有736条。这些可以看出，江先生是一个对现行体制严重不满的人。”

看到这些文字，杨真绷紧的脸反而松弛下来：“就这些言论吗？没有他参加什么秘密组织的证据吗？”

高玉文朝河面扔出一块大石头，却没听到水响，这让他一时反应不过来。

“你那里如果没有，我倒可以补充。他在美国留学期间，一个美国华人组织找到他，劝他放弃国籍，原因就是看到他在网络上发表过这些言论。既然觉得这个国家烂透了，那就放弃吧。但是他拒绝了。他对那些人说，我寻找问题是为了解决问题，不是为了逃避问题。类似这样的事情不止一件。怎么，这些对话你没有搜集？”

高玉文当然无法掌握，再惊人的程序也听不到别人现实里的对话。但是高玉文不能第一阵就败下来，他诡秘地笑了笑：“那么，江先生的情史你也了解吗？”

“当然，我知道他前妻是谁。”

“不不不，我不是指他的前妻。我们网讯也有连锁酒店业务，老用户习惯在我们网上订房。江志伟在其婚姻续存期间，也是我们酒店的常客哦……”

一瞬间，冷汗湿透了杨真的背心。是的，网讯当然会有这些信息。这么多年，这家网络公司超常发展，所到之处都是各种绿灯。早有人怀疑他们收集私人信息秘密搞敲诈，并且都是针对位高权重的人，专门解决一些大麻烦。所以，网迅对外还能保持正面形象。

“即使这方面的信息，我也不认为你比我知道得多。”

杨真强自镇定。

核武器一旦扔出去就没用了，不过看杨真这个态度，必须引爆这个核武器才能制伏她。于是，高玉文列出江志伟的开房记录。这次他约会了某个女同事，那次是个陌生女网友。杨真一条条看着。她知道，江志伟和妻子感情出问题的时候，这种事确实没少做。

“都在这里？没别的了？”杨真嘲讽地指着开房记录。

“哦……你需要他在其他酒店的开房记录？我现在没有，不过可以弄到。”

“不用了，我给你补充吧。去年他参加同学会，和一个女同学旧情重生，两人开车去野外，没开房。这种记录你有吗？”

当初定情时，杨真和江志伟你一句我一句，坦白着以前的恋情。那只是他们的私房话，没想到派上了大用场。高玉文弄到的这些隐私，江志伟早就交代过了。

“这些女人叫什么，你也知道？”

“她们长什么样我都知道。”

天啊，这是个什么样的女人，她怎么能有这种秘密？高玉文这才发现，手里核武器的威力还不如一枚炮仗。

“该死的，居然敢用这些下三烂的手段要挟我！”杨真心中暗骂。就在这时，潘景涛的电话打了进来。一时的愤怒让杨真的脑子转得飞快，她接通电话，故意看看墙角的监控：“稍等，这里不方便，我到走廊去接。”

五分钟后，杨真回到屋里，表情镇定自若：“我知道尚磊目前就在北京，你让他来一下。”

“这个……”高玉文暗吐舌头。尚磊是什么人？去年还是中国首富，现在身价也不过刚跌去几十亿而已。“见他是要预约的。”

“你告诉他，我要问他有关‘蜂巢计划’的事！”

高玉文全身僵直，几秒钟后才张开嘴：“蜂巢……”

“如果你不再有大规模杀伤性武器扔出来，那就快叫尚磊过来谈话！”

杨真抑制着心中的狂喜，他们的敲诈没起作用，现在要轮到她反击了，虽然潘景涛在电话里并没有提什么蜂巢。

半小时后，全球互联网行业第四大富翁坐到杨真面前。新闻中的尚磊都是西装革履，看到本尊，杨真吃了一惊。这个程序员出身的亿万富翁原来有一副运动员般的体格，完全不像理工宅男那么阴柔。

“高科技犯罪调查处？很好，需要我们给予怎样的配合？”尚磊的表情很温和。杨真已经鼓足全身力气，举起的却是个轻轻的软枕头。她板着脸，把调查处的要求重新讲了一遍。

“很好，我马上安排技术部门配合。除此之外，你们还有什么要求吗？”

“你先把这些做好了吧！”

完全不拖泥带水，这些要求尚磊一口答应。对于“蜂巢计划”，杨真还在调查阶段，所以面对尚磊，她并没提起这件事，她判断“蜂巢计划”对尚磊来说更重要，对方应该会弃车保帅的——杨真判断对了，尚磊果然非常配合。

至于“蜂巢计划”究竟是什么？杨真和尚磊都清楚，只要调查处揪住虚拟伴游不放，派人进驻网讯，以后就完全是一层层剥洋葱的事了……

第九章　图穷匕见

入夜，杨真亲自驾车驶向太行山，送张晓风回他的人间天堂。王鹏翔随行陪同。韩悦宾已经带人入驻网讯公司，她的任务基本完成。

车子是调查处添置的专用版。上高速后，杨真就把驾驶权限交给人工智能。三个人在车子里分享胜利的喜悦：“我居然能让中国富豪低头……唉，你们说，我这算不算仇富心理？”

“哈哈哈，你爸妈都是有钱人，你哪有资格仇富。”

“就是就是……看来蜂巢是他的痛点。为了这个秘密，伴游都可以牺牲。老张，有关蜂巢你还知道什么？能写份详细的介绍吗？”

“其实我知道得也不多，就是个轮廓。”

张晓风如实相告，早年一起喝酒撸串的时候听尚磊聊过，那当然算不上什么行动计划。等网迅做强做大，生存不成问题之后，这个秘密尚磊就只与核心圈的人商谈了，而他当时已不在其中：“我们这些创业的老班底，谁支持蜂巢谁就上去。我没兴趣，所以就混不出头。”

杨真又问起黄莹的底细，她在整个事件里始终是个谜。张晓风告诉杨真，开发黏性技术的团队由不同专家组成，心理学方面由黄莹负责。她现在也就是三十五六岁的样子，但是对网瘾的认识非常深入。

“我们搞网络技术的人，只是隔着屏幕研究网民，得到的只是一串串数字。她不同，网瘾患者许多生活细节她都清楚，甚至能精确说出他们需要多大的核心活动空间，每天消费多少钱。我想她以前肯定做过非常系统的研究。”

“什么叫核心活动空间？”杨真不记得心理学上有这个概念。

“我听她讲，大意就是一个人习惯使用多少空间。比如你有一套三室一厅，常用的可能就是其中两间。”

杨真还是想不起这是什么概念：“除了她，网讯还找过别的心理学家吗？”

“在她之前请过几个，都是花架子、理论派，没人真正研究过网瘾。黄莹来了以后，尚磊再没请过别人，心理学这块全权由她负责。而且，她和尚磊关系不一般。”

“怎么个不一般？”杨真支起耳朵，王鹏翔也凑了过来。

“不是那种不一般。他们非常投缘，算志同道合吧。黄莹一来就能进核心圈，我们这些创业元老都没她吃香。”

杨真倒没把这点看得很重，网络公司员工平均年纪很小，有业绩就能提升，张晓风这种不得志的创业元老才对资历耿耿于怀。除了很蹊跷地冒充病人，黄莹身上挖不出任何犯罪线索，也没有什么前科。杨真甚至不能以警察的身份去询问。

他们驶下高速，上了省道。又开了一会儿。突然，车厢里移动通信的指示灯熄了，手机也出现杂音，这是警方专用设备，以前还从来没出过问题。一股不祥的预感在杨真心头升起。她立刻拿回驾驶权，紧握方向盘，警惕地望着外面。

夜色已深，公路上车流不多……果然，对侧公路上，迎面驶来的一辆小轿车突然加速冲过隔离带，开亮远光灯，朝着警车直撞过来。彭建军提醒过，阿辉如果在现实中搞袭击，不一定会有科技含量。杨真早有预感，飞快拨转方向盘，躲开这一撞。小轿车与警车擦身而过，直接冲出路肩，翻了下去。

“啊……”张晓风从没见过这种阵势，尖叫出来，“这这这……他这车怎么开的？”

杨真刹住车，想倒回去看看现场。后视镜里，一辆跟了他们半天的卡车突然变道，直冲上来，车灯太亮，像是怪兽睁开了眼睛。两车相隔已经不到五十米。杨真一踩油门，重新加速，向前猛冲。然而，卡车车头还是扫到警车尾部的保险杠上，擦出一溜火花。

“天啊，尚磊疯了？他要杀人灭口？”张晓风这才惊觉这是暗杀。

“不是他干的！”杨真左躲右躲，无奈追兵根本不在乎交通规则，也不在乎会不会坐牢。已经有一辆小汽车被卡车撞到，旋转着滑到沟里。

“小姨，右面有个练车场，咱们进去和他周旋。”王鹏翔年纪不大，却身经百战，危难关头能够迅速观察环境，判断形势。右前方有座驾校的野外练车场，坡道、环道应有尽有，地形复杂。将近深夜，这里没人练车，只有铁将军把门。

杨真明白他的意思，一扭方向盘，车子撞向练车场大门。这辆车看似普通轿车，侧壁和底盘都作了加固，动能强大。撞开门后，他们就进入练习倒车入库的空地，正好能驶出S型和大货车周旋。

“小姨，你放慢速度，我下去后你再引他过来。”

王鹏翔肯定有办法，之所以不讲出来，很可能是因为这个办法超越常规，解释不清。杨真忍不住提醒道：“你注意轻重，别出人命。”

“明白！”

杨真突然转弯，同时踩刹车减速，王鹏翔推开车门，翻身滚下去，消失在光圈之外。副驾驶位置上，张晓风紧闭双眼，咬紧牙关，努力不让自己再叫出来。他从街机开始打电玩，现在才第一次意识到“Game Over”意味着什么。然而，警车大幅度左摇右晃，弄得他忍不住要吐出来。张晓风忍不住悄悄一睁眼，白惨惨的卡车灯光已经笼罩住车厢。

“啊——！”

这辆卡车并没有自动驾驶功能，不过，司机仿佛就是具有这种功能的机器人，娴熟地死咬着小汽车。就在这时，一道黑影从旁边蹿出来，踩上警车车顶，用力猛蹬，跃到半空。王鹏翔扎实地钉在卡车司机座外踏板上。左手握住反光镜，右肘猛击侧面的玻璃。发力干脆而短促，玻璃哗啦一下裂开，王鹏翔伸进右臂，大拇指紧紧按住司机的颈动脉窦，余下四指死死扣住他的脖子。

驾驶员挣扎了几下，眼前一黑，晕了过去。王鹏翔侧过身，拉开车门，拽着司机滚倒在场地上。卡车失去控制，撞进一堆废旧器材中停了下来。

张晓风跑下车，走到进前，在灯光里看清了司机的外貌："不是阿辉，这张脸很像013号马甲。"

虚拟伴游设置有二十五个男性面孔，二十五个女性面孔。阿辉虽然排在005号，但最受人欢迎。这个013看起来像是猛张飞，而且专门设计有络腮胡子来提高辨识度。眼前这个司机就留着明显的络腮胡。

就在这时，远处又有灯光扫来，一辆大客车已经离开公路，驶进场地。杨真知道今晚不能善罢，指指来车，让王鹏翔先抵挡一阵。然后她把张晓风拉到身后，打开手机，呼叫韩悦宾。

"带着你的宝贝快来，我们被包围了！"

"没问题，你们再坚持一会儿！"

杨真看到一旁有个维修槽，便推了一把张晓风：“跳下去，那里车撞不到！”

“他们要是下车来怎么办？”张晓风哪见过这种阵势，他已经记不清自己上次和别人动手是什么时候。

“离开车子？那就好办了。”说罢，杨真拉开警车的门，从座位下面掏出防爆激光枪。她平时不配枪械，但可以携带非杀伤性武器。

呼……客车卷起一阵风，从杨真面前驶过，瞄着张晓风追过去。是的，这些替身眼里只有张晓风。虚拟伴游把他当成了大敌。从它的角度看，在现实世界中杀死一个人，就像人类在电脑中删除一个文件，根本没有罪恶感。

杨真举枪射击，暗红色的激光束扫向驾驶室里的司机。从侧影上看，那又是个络腮胡。对方猛打方向盘，激光束在车箱上划过。它的能量并不高，对金属不能产生破坏。不过激光枪上有几个能量挡，一挡暂时致盲，二挡轻微灼伤，三挡皮下穿孔……杨真调到最高挡，瞄准客车左后轮扣动扳击，左后轮被割开一道口子。

车身摇晃，客车重重地侧翻在场地上，司机直接被摔得昏过去。杨真这才来得及再拨出电话，通知高速警方和当地警方处理现场。话音未落，又一辆车驶入场地。这次只是辆小汽车，风驰电掣般来到他们面前停下来，三个络腮胡子分别跳下车。

真要肉搏？太好了。王鹏翔迎着他们冲上去，一个箭步来到为首一人面前，右手像蛇头一样伸出去，虎口卡在对方鼻孔上，用力往后下方按！对方身体正在往前蹿，头却被仰面按向后方，顿时失去重心，像一袋面粉般摔在地上。王鹏翔的右臂在他下落时短促加力，让他摔得眼冒金星，胸闷气短，没两分钟缓不过来。

接着，王鹏翔已经冲到第二个人面前，双手猛推对方前胸。杨真离得很远，都能听到“砰”的一声闷响。但是这下子并没有把对方推开，王鹏翔毫不恋战，绕过这个人，直奔他们乘坐的车子，一个翻滚从车顶滑到另一边。第二个对手自然慢半拍，等他转身追过来，没跑几步，突然双膝跪下，捂着胸口发不出声音。

就在这时，王鹏翔已经跳到第三个人背后，猛拍他的后脑部，来人顿时摔倒。

张晓风从维修槽里探出头，根本没看清王鹏翔做了什么。早年在网讯公司，他负责制作卡通版的格斗游戏。现在才知道是笨拙限制了想象力，他根本构思不出王鹏翔这些动作。

杨真在印度见识过王鹏翔留下的一片狼藉，知道他的厉害，但这也是第一次看到他出手："他们都没事吧？"她跑到那三个人旁边，检查着。

"这个人心脏骤停，其他人没事。"王鹏翔找了一片水泥地面，把第二个络腮胡平躺着放到上面，双掌叠起，急速按压他的胸口，很快，络腮胡长吐了一口气。王鹏翔曾经描述过一种能让人心脏骤停的绝技，如果不是亲眼看见，杨真都不相信那是真的。

警车里备有简易拇指铐。趁这些人尚未完全清醒，杨真和王鹏翔把他们一一锁在铁栏杆上。就在这时，第三波攻击车辆到了现场。

二十分钟后，韩悦宾驾驶直升机赶到练车场上空。从空中俯瞰，只见当地警车在外面围了一圈，有几辆已经被撞坏，其中一辆正在燃烧。练车场中央，两辆大客，三辆大货，还有一辆水泥罐车追逐着杨真的警车。当地警察对场地里这些疯子无计可施，他们想拔枪射击，杨真却告诉他们这些人也是受害者，需要保护。

“除了你的车，剩下的都是敌方吗？”韩悦宾在直升机里问道。

“都是，快动手！”杨真在耳机里大喊。

“你打开识别！”

直升机降低高度，飞到五十米上空时打开底舱，六架无人机盘旋而出，呼啸着冲向下面。砰——砰——砰——砰——砰——砰！没有片刻犹豫，六面风挡先后碎裂。六辆车全部失去控制，有的撞到一起，有的翻倒一旁。警察们扑上去，把驾驶员拖出来铐上。

这是警用防爆无人机首次投入实战。它们不需要发射子弹、电流或者麻醉剂，只需要撞击驾车逃逸的犯罪嫌疑人，让他们暂时对车失去控制。并且，无人机还会避开配备识别码的警方车辆。

“太谢谢你啦！”杨真的额头流着血，但是一脸的兴奋。

“别，谢你老公就行，是他帮我改进的。”

◆ ◆ ◆

练车场一番激战，这些“络腮胡”死亡一人，轻重伤十几人。调查处立刻全员集合，开始行动。龙剑带着部下来到事发现场，与当地警方一起核实身份。韩悦宾用直升机带张晓风返回调查处，把他置身于严密的保护措施中。“生活2000”可以屏蔽虚拟世界，却挡不住这种亡命般的攻击。

杨真也随直升机回到处里。刚刚落地，江志伟就迎了上来。听说她在途中出事，江志伟立刻驱车赶到调查处。两个人来到休息室，大家都在忙，只有这里没人，杨真抱紧江志伟，在他额头上印了几个深吻。

“算你当初老实，交代得清楚，不然我就被人算计了。”

“哦……你是指……”

杨真知道说来话长，没有继续这个话题。练车场那番惊险追逐一结束，现在她疲惫得很，干脆钻到江志伟的怀里。忽然，半敞的房门那边传来敲击声。

“咳咳咳，公共场所禁止撒狗粮。”韩悦宾拎着一具无人机站在那里，“老江，咱们的无人机开胡了，效果很好，趁热搞一下功效估计吧？”

“这个……”江志伟朝着怀里的杨真努努嘴。杨真根本不松手，装着听不见他们的话，江志伟也只好就这么搂着她。

看到两个人如胶似漆，韩悦宾做了个鬼脸：“那……一小时后见。”说完便退出去，反手把门带上。

居然调动社会人员袭警！梁处长亲自带着蔡静茹，还有大批警员奔赴网讯公司。高玉文是值班的公司最高主管，他完全不知道昨晚的事情。看到上百名警察闯进来，额头冷汗直冒。

“公然袭击执法人员，这是什么性质不用我解释了吧？你们是公司还是黑社会？”梁处长声色俱厉。

高玉文汗如雨下，他不是技术专家，身边只有几个律师和网媒主编。到底出了什么事？他们都不能给他确切的答案：“公司业务出了问题，我们承认是自己的疏忽……”

“现场所有人员都必须远离计算机，等待警方检查。”梁处长直接发布命令。

“这怎么行？光值班客服就有几百人，他们不能中断……”

“高先生，现在是调查人命案！”

尚磊正在欧洲参加商务会议，闻听此事立刻坐私人飞机往回赶，途中一直用卫星电话与总部沟通，语气已经大大软化：“我们有几万名员工，世界各地有几百万持股人，每天还有上百亿资金流过我们的网络银行，涉及成千上万用户。服务不能停止，请你们考虑各方的利益。”

“尚磊先生，你还没有认识到问题的严重性。”梁处长决定先把他砸得晕头转向再说，便把突击审讯的片断画面传过去，几个“络腮胡”都声称，他们接到虚拟伴游的命令后才劫车并袭警。

“要么是你指使他们杀人，要么是你的手下自行组织行凶，要么是你的程序出了问题，答案必居其一。”

什么是帅，什么是车，梁文博已经给他摆得很清楚。尚磊终于意识到，是那个伴游程序正把他逼进死角。要想活着出来，不毁点什么是不行了。就这样，等到飞机落地，他已经拿出应对措施。虚拟伴游无限期关闭，全体程序员无条件配合警方，调查自主生成的所有程序。另外，还要对此案伤亡人员进行赔付。

事情已经大到捂不住了，现在已没人顾及尚磊的身份，那些被他用私人信息威胁过的人没人敢在这种情况下再替尚磊出面……尚磊现在能全身而退摘清自己就不错了。走进网讯大厦，眼见出出进进的警员和调查处那群虎视眈眈的人，尚磊的心已凉了半截。高玉文迎了上来，贴在他耳边悄声说道："保持业务正常就不要想了，先保证公司不被查封吧。"

"林昭东呢？"尚磊看看周围自己公司的人，最应该在场的那个人反而没了踪影。

"他好像来过，但是……"高玉文也是刚发现这个关键人物不在场，马上拨打手机，提示对方已经不在服务区。

他们谈话时，韩悦宾就在旁边监视着，听他们在谈这个人，立刻插了话："你确认他来过？"

高玉文看了看尚磊，尚磊把头转向别处，高玉文只好如实回答。作为资深技术专家，林昭东的作息时间可以自己安排。他经常在公司熬夜干活，白天别人忙碌时又不知去向。同事们都习惯了他的神出鬼没。大概两个小时前，林昭东来过公司，但是警察出现后，作为技术主管，他却再没露面。

“带我去找他！”韩悦宾当机立断。

门禁显示，林昭东确实在两个多小时前进入过公司，又在警察到来前十分钟步行离开大厦。“带我查封他的计算机和私人用品！”韩悦宾拦在高玉文面前。

“这个……有必要吗？他经常这样独来独往。”

“有必要！”

韩悦宾没讲出那个必要性，那只是一种直觉，但是调查结果立刻证实这个直觉的准确性。林昭东到公司后只做了一件事，下载伴游软件的核心程序，然后随身带走！

◆ ◆ ◆

像网讯这样的企业，核心资产就是无数个“0”与“1”。按照公司规定，任何人未经批准把公司的数字信息带出大厦，哪怕只是一张照片，都算盗窃行为。林昭东也不例外，他也从不犯这个规，直到这次警察登门之前。而且，林昭东是开车而来，步行离去。这样做只有一个理由，避免逃离的路线被发现。三更半夜，在监控中很容易找到这辆车。

几个警察跑到车库，找到林昭东的车子。在里面翻了几遍，都没找到有价值的线索。看来，林昭东早有预谋。

尚磊脸色惨白，梁文博坐在他对面，察言观色。“梁先生，我们尚总不是犯罪嫌疑人吧？”高玉文走过来，想替老板辩护，“他还可以自由行动吧？”

“如果尚磊先生是无辜的，此时坐在这里更能证明他的清白。”

尚磊示意高玉文离开，转身向梁文博点点头。就这样，两边的助手不断来汇报调查结果。梁文博下达各种指示，但是始终不离开座位，尚磊也不敢起身走开。他们清查了林昭东留在公司的所有物品，找不到任何线索。林昭东离开大厦后便拐进小巷，刻意避开监控镜头。他不仅关掉手机，而且将它彻底砸毁，扔到垃圾箱里。

潘景涛带人搜查林昭东的家，他果然没回去。由于平时不和任何亲人生活在一起，这个家确切地说只是一套房子。潘景涛从里面搜出大量电脑设备，此外一无所获。

这幢房子就在林昭东父母家附近，潘景涛也询问过他的父母。听说儿子出事，这对老人竟然无动于衷。“他的事儿和我们无关。他根本不来看我们，电脑才是他的亲人！”

得知这些情况，尚磊全身大汗。他被忠实的部下耍了，林昭东一直有自己的小算盘，他根本没注意到。

“我提醒你，他到达公司时，几百千米外袭警事件还在进行中。选择这个时间到达和离开，说明他知道发生了什么。”梁文博施加着压力。

“有可能，很有可能。”尚磊一边回答，一边擦着额头上的汗。

“他带走的这个核心程序，里面有什么秘密？”梁文博问道。

尚磊解释说，自主生成程序就像菌种，扔到信息营养汤里面便会自行生长。但是这个程序本身还要人工编写、人工升级。林昭东的工作就是根据伴游软件在使用中遇到的问题，不断强化它的功能，减少它的漏洞。

“纯粹的核心程序里面没有任何秘密，只有接入互联网才开始生长。你们可以监控互联网，找到它接入的痕迹。我的技术人员会随时提供帮助，只要它接入，几秒钟就能发现。”尚磊摆出一副将功折罪的架势。

梁文博回到调查处，张晓风已经从惊慌中镇定下来，他开始回忆着林昭东这个人。二十年前，尚磊带着十几名程序员成立网讯公司，张晓风和林昭东还在大学读计算机专业，也都以技术入股方式参与创业。那时候，网迅全部员工都是程序员，其他专家随着业务扩展才慢慢加入进来。但是现在，核心圈里只有林昭东一个程序专家。

至于林昭东本人，此人年近四十，痴迷技术。不仅没结婚，没交女朋友，连男朋友也没有。同事们都不清楚林昭东的性取向，开玩笑说他是“恋机癖”。

“你觉得，他这么做的动机是什么？”梁文博听完他的描述，提出了这个关键问题。

“担心警方从此禁用自主生成程序，他要自己保存一套，那东西就是他的孩子。”

综合各种调查结果，一个疑问解开了。林昭东早就知道伴游软件已经神通广大，逐渐失控，但他秘而不宣。此人从小不受重视，只有在编程方面显示出天才后才获得承认。伴游软件不光是程序，它就是他的孩子，他要看到它不受干扰地茁壮成长。甚至，他还向尚磊隐瞒了伴游软件最近发生的问题。

林昭东如此疯狂，尚磊和其他同事也都没想到，毕竟，这完全是件损人不利己的事。

◆ ◆ ◆

杨真逃过一劫，马不停蹄地来到网讯公司，要求行为技术部主任黄莹配合调查。网讯已经大难临头，对调查处百依百顺。于是，两个同行见了面。杨真对黄莹那张娃娃脸印象很深，如果不是看过这个人的资料，肯定会当她才二十出头，实际上她比自己还大几岁。

现在的黄莹已经是心理学博士，担任网讯公司行为技术部负责人。为了避免外界关注，网讯给了她一个很低的头衔，但是这个行为技术部完全由她控制，并且只对尚磊负责。

杨真拿出几份打印的论文摆在桌上：《10到18岁眼动模式的追踪研究》《暗示性动作诱发的注意转移》《情绪模式对学生注意稳定性的影响》《独生子女的延迟满足障碍》。

“从本科到博士，你一直在研究注意力，是吧？”

黄莹用眼角扫了扫那些论文，把它们推到一边："都是我写的，不过谈它们没意思。你既然来了，不妨分享下我的经历？"

这也是杨真所期待的，于是，黄莹从自己的家庭开始讲起。她出生在县城，从小家里就吵闹不休，原因是父亲嗜赌。黄莹听过大人们用各种道理劝父亲放弃赌博，但是毫无效果。最后，母亲只好带着她离开那个家。高考后，黄莹选择心理学专业，以为这门学问里能有什么方法劝父亲回心转意，结果还是毫无所获。

有一天，学校请了位著名心理学家主持讲座："你猜是谁？就是你的继父肖毅老师。"

杨真交叉双手，不动声色。网讯有可能查过她的祖宗十八代！很容易知道她和肖毅的关系。

"肖老师讲完，可以自由提问，我就把父亲的案例拿出来，请教肖老师有什么办法劝人戒赌。他回答说，如果语言就能改变一个人的行为，那就不用研究心理学了！"

是的，这是肖毅的口头禅，行为科学的精华就是用效果去改造行为。

"从那以后，我再没见过肖老师，但是他改变了我努力的方向。我一个女大学生，能施加什么强化措施让父亲发生改变？奖励还是惩罚？根本没有。父亲年过五十，他要自暴自弃，任何家人都无力扭转。于是我就想找一种方法，把人群中那些意志薄弱者挑出来，趁他们年轻时就挑出来。让他们不要结婚，别生育后代，避免更多的孩子受我小时候的苦！”

说到这里，黄莹的眼神中喷着怒火。杨真知道，有这种眼神的人都有执着的信念。

“是的，我当年假冒学生进入重生学校，就是为了系统观察成瘾行为。我不是要救他们，为什么要救？都是超过十八岁的成年人，自己该为自己的行为负责。我只想不让这种人再去毁别人，尤其是下一代。他们最好就龟缩在虚拟世界里，永远不出来！”

“当时，张勇信知道你的身份吗？”

“无可奉告！”

杨真又换了个问题：“那么，你的研究有结果吗？”

黄莹没说话，开始躲闪杨真的眼睛。这才是问题的关键，如果网讯公司有意研发一种害人的软件，事情的性质就严重了十倍。蔡组长的愿望就能实现，开发游戏的某些技术就能进入高控的名单。

“从人群中挑选意志薄弱者的办法，你找到了吗？”杨真逼问道。

黄莹低下头。

“师姐，我也是心理学专业。我得提醒你，无论在心理学方面拥有多高的学位，你毕竟不擅长法律。向警方说谎有什么严重后果，你可能还不知道。”

黄莹挑挑拣拣，回答了杨真的问题。在戒网学校里，她总共收集到几十个案例，逐一分析他们的语言、社交、购物等习惯，研究他们的兴趣爱好。最后，黄莹总结出成瘾者的26条行为特征。

但这只能算是预备研究。要以此为基础，对巨大样本进行统计分析，才能得出有用的结论。只有网讯给了她这种条件。以这26条为出发点，黄莹开发出识别程序，可以通过大数据找到意志薄弱的网民，把他们催化成网虫，从此告别正常人的生活。

这些成果后来化作伴游软件的核心，它也因此成为世界上最厉害的黏性技术。

“但是，这样做不犯法，对吗？”黄莹问道。

杨真当下没有回答，这就等于做了回答。黄莹变得自信起来："我不是法律专家，但我们启动这项研究前，法务部门做过预案。没有一条现行法律可以禁止我们在网络上研究用户的性格。"

"你们研究了多少样本？"杨真不想停在令她烦恼的问题上。

"大概七十万吧。"

"七十万？在本人完全不知情的前提下，你们对70万用户进行过研究？"

"就是七百万样本也不犯法，对吗？"

杨真没说话。她被这个数字深深震惊了。从一个人的过往行为中找到规律，推测他今后的行为，这可是心理学的梦想啊。想想自己那些专业课老师，他们每年能研究过八十人，还是两百人？心理学史上那些著名问卷，个个号称进行过广泛的研究，充其量不过上万人次而已。

七十万人的心理实验，无声无息就在网络上完成了。如果不出事，根本不会有人知道。和这些网络巨头相比，心理学家就像活在石器时代的原始人。

"怎么样？你也是心理专业？对这个实验规模有兴

趣吗？”黄莹有点得意忘形，“我们还可以研究哪些男人更有可能犯强奸罪，什么人倾向于诈骗，哪个公务员提拔后当贪官的可能性更大。真的，数据早就存在我们的机房里，不过是从里面找到规律而已。找到潜在的罪犯，你们很需要这种研究。”

杨真想起江志伟公司案头摆的一本《赤裸的未来》。作者认为，在网络一统天下之后，人们在虚拟世界里都宛如赤身裸体一般。想到这里，她摇了摇头。

“我还是要让人们先穿上法律的衣服。”

◆ ◆ ◆

“追逃软件发出警报，林昭东定位山东省滨州市。附近警方立刻到达现场！”

杨真正开车去山东，准备办理与重生学校有关的事宜。车还在高速上，她就接到调查处的警讯。图标显示，自己距当地只有十五千米。

杨真立刻拿回驾驶权限，开车从最近的出口驶离高速。十五分钟后，她来到离警讯最近的公安分局。一辆警车几乎同时开进大院，几名当地警员已经把嫌疑人带了下来。

“放了吧，不是他。”看到那个惊恐不安的中年人，杨真摇摇头。她先是感谢当地警方大力支持，又来到嫌疑人面前，向他道了歉。

“哼！从公司里把我弄出来，影响多不好？你们得赔偿。”

“我们会的。”

自从林昭东失踪后，网迅就打开了正在研发的追逃软件，这是它第一次投入实战。身为老网虫，林昭东留下的网言网语何止千万。只要他在网上再讲三句话，追逃软件立刻报警。

显然，这个软件还很不成熟，它找错了人。当地警方从一家银行里把贷款部经理抓了出来。事发时他正在网上留言，叙述风格和林昭东过于相似。

这不是几天里第一次误报。还有两次是海关面孔识别软件报的警，到场后都予以排除。

直到失踪后第五天，各地警方仍然没有林昭东的任何消息。他没出现在任何监控当中，对于一个身价过亿，已经习惯于使用网络支付和移动通信的人来说，能这么长时间在网上不露马脚，说明他早就预感到这一天会到来，做过充分的潜逃准备。

不仅如此，林昭东毕业后就在网讯公司工作。对于不爱交往的他来说，几乎全部人际关系都集中在这里，潜逃后他又能找谁帮忙？

“他肯定还在国内，问题是还活着吗？”龙剑找到海关记录后，提醒大家注意这个可能性。

“如果死了，自杀还是他杀的可能性大？”

“现在怎么死不是重点，重点是只有他已经死亡，才能解释为什么找不到他。”

是的。也许，林昭东逃离网迅后很快就死亡。失足落入枯井，急病发作死在郊外。总之，在天罗地网般的监控系统中蒸发，这是最好的解释了。“不如关注哪里有无名尸的通报吧。”龙剑摊了摊手。

“那多没意思，我还是希望有人用技术手段把他藏起来了。”韩悦宾最喜欢有技术含量的对手。

◆ ◆ ◆

红水晶KTV，熟悉的陈设，熟悉的光线。杨真不用服务生带位，经过大堂，进入走廊，一路上忐忑不安。终于还得赴旧日闺蜜的约。“那群疯丫头，K歌是小事，八卦是主菜，见面后我又该说什么？”

“哼，有什么就说什么，难道我现在不幸福，还怕人说三道四？”杨真昂起头，推开一间包房的门。“无霜，小琳，你们在哪儿？”

没有那帮闺蜜，林昭东坐在变幻的光线下面，朝着她冷笑一声：“怎么样？你手机里的信息是我发的。黑客技术哪家强？你们还是比不过我吧？”

杨真的手心里出了汗，强自镇定。一个死肥宅，怕他干什么：“你想自投罗网？好啊，我带你去自首？”

“哼哼，练过格斗是吧？当警察的是吧？我是打不过你，但我有帮手。”

林昭东打了个响指，包房厕所的门突然被撞开，“藏羚羊”从里面钻出来，镶着破拆钻头的机械手向她猛戳！

杨真逃过了这一击，直接从梦中逃回现实，然后在后颈上抹了一把，哇，出了这么多汗。她躺在床上，又回忆了一下梦境。这都是什么乱七八糟的，好多事情都掺和到一个梦里。

咦？江志伟跑到哪里去了？杨真在身边摸了个空。抬头一看，卧室的门开着，中厅里面微光闪烁，隐约能听到页面变换时的哗哗声。不知道现在几点，反正是三更半夜。这家伙在干什么？

杨真下了床，揉着惺忪的睡眼走到中厅，一边开灯，一边问："呵……你在干什么？"

"啊！"江志伟像被蜇了一下，啪地合上笔记本电脑，站起来面对杨真，脸上一会儿红，一会儿白。

杨真的脑子里嗡的一声。他在背着我和别人聊天？他有怕我知道的秘密？呵呵，当然会有，他那么大的人了。一见如故？一见钟情？其实我并不了解他的过去。高玉文仿佛出现在眼前，阴阳怪气地望着她。怎么样，你终于还是有不知道的秘密。

"没什么，你继续，继续。"

杨真摆摆手，故作镇定。江志伟既没有动，也没说话。"一时间编不好瞎话？其实不用，我可不是小心眼儿的女人。唉，不不不，其实我受不了，这要也是一场梦该多好。”

“我……我……是在……”

“真的没事，你和哪个女人半夜聊天，不用对我讲。”杨真不愿意再看到江志伟的眼睛，她也不会大吵大闹，从母亲那里就没有遗传这种家风。杨真咬起嘴唇，转身要回卧室。

听杨真这么讲，江志伟反而完全平静下来：“我可没和女人聊，是和一个男人在聊天。”

“哼哼……”

“其实，这个人你也认识。”

说着，江志伟先打开衣柜，拿出毛巾被，裹在杨真身上，天气已经转冷，只穿睡衣半夜里容易着凉。然后，江志伟拉着她坐到自己身边，打开笔记本电脑，按下复原键，屏幕上出现了刚才的页面。确实是一个男人，她熟悉的男人。

“啊？怎么是他！”

生父杨永泉坐在星空背景里，朝着他们微笑。这当然不是他，只是一个CG图像。因为太逼真，还是吓了杨真一跳。然后，江志伟又给杨真看了他和这个CG图像的聊天记录，话题都是如何将机器人技术运用于太空开发：“我知道你讨厌他，才不敢当着你的面和他聊。”

确实不是女网友，但这又是什么鬼？江志伟按动鼠标，一路回到主页，边展示边介绍。原来，这是一家名叫“网灵”的虚拟丧葬网站。用户如果想寄托哀思，可以把死者的音容笑貌传给他们，由他们生成一个CG形象。再把死者生前的基本情况输进去，它就可以和人们进行交流。

如果死者生前经常上网，那就更方便了。“网灵”会继承他的用户名，下载他发表过的言论，甚至会用他的名字再做更新，仿佛他还活在网络世界。

杨永泉的网灵账户不是亲属申请的，而是由他的粉丝们注册的。这些人输入了《直到银河尽头》，还有围绕这本书形成的各种宇宙开发设想。火箭、低温超导、小行星开发、机器人应用，五花八门，应有尽有。“其实这就是个讨论组，集成了有关的知识。”

“我也可以和他聊？”

“可以。”

杨真想了想，就用江志伟的账号输入一个问题：“杨先生，您的孩子现在怎么样？”

“他是一位出色的天体物理专家，在小行星监控中心工作。这是全球协作的监控网，我为他能在里面工作而骄傲。”

杨真望望这个答案，又看看江志伟，脸上写着大大的问号。

“网灵一般都是亲属建的，他们会输入死者的基本情况。杨先生的网灵由粉丝注册，他本人生前几乎不上网，他们只好根据想象，给他虚构了家庭情况。”

哼，一个儿子，还是天文学家，这倒符合杨永泉的期望。

根据设置，向一个网灵输入其基本情况后，它就开始学着死者生前那样与人交谈。死者是男是女，喜欢什么，讨厌什么，网灵会继承这些个性。让逝者在虚拟世界里永生，这项服务最大的价值也就在这里。

弄明白这些，杨真忽然想到一个问题：“这也算自主生成程序吧？”

“算，不过它是个简易版，没虚拟伴游那么可怕。”

杨真长出了一口气，不知道是因为搞清了网灵没有危险，还是搞清了江志伟在和谁聊天。突然，她把头埋在江志伟的肩膀上，狠狠地咬下去。

“啊，别别别，快松嘴，肉都快咬掉了，我记得你不是属虎的啊。”

“坏家伙，害得我一辈子的醋都在刚才吃过了。”

第十章　与AI相伴

早上，洗漱完毕，吻别江志伟，杨真驱车来到特别监管处，在中央控制室里通过监控观察着病人的情况。

“这个人，还有这个，都已经几天不能正常进食，正在用鼻饲。对他们来说，联系不上阿辉就像死亡一样。”史青峰站在旁边，感慨地说道。

“他们还要多少天才能找回自己的个性？”

“不知道，精神科医生从未遇到过这种情况。”

经过检查，此案所有病人都有剧化型人格障碍。不过，这连心理疾病都不算，更不属于精神病，做任何事仍然要承担法律责任。所以，他们关在监管处只是为了缓解情况，以后还要转去看守所。

杨真了解完病人的情况，驱车离开特别监管处，驶入一条幽静的小路，不远处有个几条路交会转盘。杨真还在想着那些无知无觉的病人，潜意识里突然升出危险的感觉。她猛抬头，一辆别克车已经冲到近前。驾驶座旁边的窗子敞开着，露出林昭东那丑陋的头和一柄乌黑的手枪。

杨真晃了晃脑袋，这次不是梦。啊，他这是疯了吗？

杨真来不及多想，猛一低头，拨转方向盘朝旁边拐去。两声枪响过后，杨真再抬头，正看到林昭东在笨拙地瞄准，便一扭方向盘撞了上去，嘴里大喊："还想杀人？你干不了这种活！"

砰！子弹飞向天空，林昭东的手枪也被甩了出去。别克车摇摇晃晃滑向路边，又被他重新控制住，冲过来朝着杨真的车猛撞。警车轻巧地躲开这一击。两扇车窗从很近的地方擦过，杨真冲着那张恶狠狠的脸喝道："你也被它洗脑了吗？"

林昭东二话不说，再次舍命撞来，看那架势，如果能删除杨真这个文件，他不会考虑任何后果，虽然他并不是阿辉的替身。

杨真再次躲开别克车的一撞，朝外面大喊："不会吧？你那么丑，哪个马甲都不像啊？"杨真故意挑起他的愤怒。

他们一个撞一个躲，连番追逐，已经离交通要道很近了，这样下去肯定会发生交通事故。在杨真连声刺激下，林昭东已经气急败坏。杨真掏出那把非杀伤性激光发射器，把它调到致盲挡。在她眼里，林昭东也算是一名该去特别监管处的病人，所以她考虑再三才拔出武器。

杨真将发射器伸出窗外，还没射击，对方的车子原地转了个圈，竟然主动脱离战场，朝主路逃去。“他总算清醒了。”杨真长出一口气，驾车在后面紧追，同时打开对讲器，让各分局锁定她的方位，围捕逃犯。

很快，一辆警车拦在前面的路上。别克车猛一调头，宽大的车身竟然冲进一条乡间小道。杨真低头看看屏幕，只见标示着警车的亮点越来越多，附近主要道路都已经被封堵。

七拐八绕，无处可去的别克车被堵回大路。最后停在一座立交桥的上坡处。桥对面，几辆警车冲了过来。杨真也驾车冲上来，靠在别克车旁，身体虚胖的林昭东正坐在车里喘粗气。

“发泄完了吗？你需要治疗，停止……”

杨真见过不少罪犯，但从未见过谁在讲话时有这副凶相。

不，那不是凶恶，而是彻底的绝望。林昭东瞪着血红的眼睛，恶狠狠地开了口。

“我讨厌非数字世界，讨厌！讨厌！讨厌——”

伴随这声大喊，林昭东猛踩油门，别克车掉转方向，朝着立交桥上冲去。林昭东全然不顾什么交通规则，几个正常行驶的司机连忙闪躲避让。嘭嘭嘭嘭嘭，桥上发生一连串擦剐。转眼间，别克车已经冲到最高处，速度也开到极限，直挺挺地向栏杆撞去，像跳水运动员一样，划着优美的弧线冲向空中。跟在后面的杨真赶忙踩刹车。警车急调90度，在栏杆缺口处硬生生地停住。

立交桥一侧有座商场，正对桥身的那面墙上安有巨大的LED墙。此时，衣着楚楚的阿辉正在上面向行人讲着什么。那是网讯公司给伴游软件做的视频广告，由于事起仓促，各处广告还没来得及撤下来。别克车呼啸着飞进大屏，击穿幕墙，插在上面。

阿辉在暴雨般的电火花中消失了。街上的人们狂呼乱喊，四外奔逃。几辆警车冲过来，警员们纷纷跳下，抢救伤员，疏散行人。

在别克车飞进屏幕的瞬间，杨真好像看到阿辉的脸上闪过一丝惊惧，一双手似乎向墙外伸了一下，想挣出数字世界，接住现实世界里自己的创造者。不过，她不能肯定自己是否真看到了这个画面。

经过调查，车子是从路边偷来的，林昭东忽然现身，开上它后便直扑特别监管处。无论是他的尸体上，还是车子里，都没有核心程序的踪影。

那把手枪更为蹊跷，是英制史密斯-韦森式转轮手枪，“二战”中的老古董。林昭东要搞到它，比在黑市上买一把当代手枪难得多。

为什么会是这个结果？警官们议论纷纷。龙剑对高科技不在行，却是摸爬滚打出来的犯罪专家。他提出了一个假设，林昭东不顾一切地潜逃，然后又突然现身。肯定是把程序交给了谁，然后公开自杀，以断绝警方的调查。

“作为网络专家，他知道网络无处不在，自己藏不了几天。”

“那他为什么要袭击我？”杨真不解地问。

“也可能袭击我们中的任何一个，总之，他要在我们的视野里自杀！”

保护儿子？杨真想到张晓风的分析。是的，只有父亲保护亲生儿子，才会如此疯狂。那么，他把“亲生儿子”藏在了哪里？

◆ ◆ ◆

为减少不良影响，经过警方同意，网讯公司清除了伴游软件的自主生成功能，把它变成只能机械应答的角色，得以继续运行。

在公司配合下，警方找到了全部催眠受害者。除了那些络腮胡，剩下的人都以“阿辉”为模版。这个程序投入使用已经有一年时间了，这种变异开始于四个月前。许萍的奇异经历竟然就是它最初实施的几个“非数字行动”之一。

在全国各地无数网民提出的诉求中，阿辉一共只用“非数字方式”满足了不到一百起。被虚拟伴游催眠的替身在全国范围内超过一百名，但是他们中很多人还什么都没有做。由于阿辉已“死”，他们再也得不到它的指令，心理上正在发生异变。

至于阿辉为什么不计成本，派这些人执行鸡毛蒜皮的小任务，只能理解为程序生成了特定的价值观。

伴游程序发生如此变异，算不算人工智能突破了奇点？技术专家们力主这一推测，蔡静茹却认定这是网讯公司的过失。她要狠狠敲打这些游戏制作商，不想看到最终又是无人受罚的结果。不过，她毕竟不是人工智能专家，答案藏在超过十亿行自主生成的代码里面，只能留给专家们慢慢解读。

作为此案的最终结果，自主生成程序被列入高控名单。一旦批准，任何此类程序都不能在中国境内运行。但是那些黏性技术，由于很多游戏公司都在用，负面后果并不清楚，仍然无法禁止。

在调查处躲了几天后，张晓风还是乘直升机回到“生活2000”，他已经习惯了没有键盘和鼠标的日子。由于离旋涡的中心很近，韩津的传媒公司迅速捅出网讯的事故。按照官方结论，他们的软件诱导一群网民陷入精神疾病状态。

但是，除林昭东被定性为畏罪自杀外，尚磊和网讯都逃脱了制裁。为防止过分解读引发恐慌，关键案情也未予公布。然而，资本市场中的灵通人士已经知道网讯公司惹了大麻烦，股价一路下跌，尚磊现在的身价跌出富豪榜前十名开外。

法无禁止即可为，网魔一案中调查处最先接触的张勇信，也仍然在经营他的学校。如果有人能证明电击不是治疗，而是肉体惩罚。他会因为故意人身伤害罪被捕。

但是，还没人能下这样的结论。

调查处的精兵强将离开了“网魔”一案，只留下韩悦宾继续跟踪核心程序的下落。更早的“胚种案”也还没有了结。它们仿佛电脑病毒，一旦生成就会阴魂不散。

◆ ◆ ◆

“尚磊？您是说尚磊要参加本期月光社？”

“而且是他主动联系我。”

“他是当听众还是主讲？”

“他要求作为嘉宾发言……所以我想，你也应该来听听。”

这是杨真和肖毅在对话。科学圈里颇有些人看不惯月光社，嘲笑它是个亿万富翁俱乐部。不少与会者都是靠专利发财的企业家。然而，过往参加活动的会员与这位不久前的中国首富都不在同一量级上。

“莫非，以前他参加过月光社活动？”杨真还在揣测。

“他这是第一次。”肖毅干脆点出了关键，“我想，他也许是有话要让你听，但又不想和你单独讲。”

按照调查处的惯例，一个案子由这里侦查完毕，如果只存在刑事问题，就移交给其他司法部门。如果还涉及不合法的知识产权，则由迟健民、蔡静茹他们去善后，杨真作为侦查员不用再管这些事。“网魔”破解后，她已经休过假，正准备着手调查新的案子。

即使作为嫌疑对象，尚磊在杨真眼里仍然头顶光环。她从高中起就是网讯的用户，登录时那种提示音伴随了自己十五年。侦查时杨真可以在尚磊面前居高临下，现在却颇有些犹豫。

这期月光社的场地回到新力公司，主题仍是人工智能。尚磊中等个子，身材结实，体型和他那些游戏用户完全不同。在杨真眼里，他更是摆脱了事发时的狼狈不堪，显得气定神闲。

尚磊到时，大部分来宾还没入场。他径直走到杨真面前，友好地伸出手：“感谢你们帮我挽回危机。”

“是真心话？”

“是的。调查处介入，相当于让我及时止损。否则，伴游软件生出更大的事，整个公司都会保不住。”

好吧，就当他是在讲心里话。杨真客气地握握他的手。她记得江志伟在闲谈时说过，像谷歌、亚马逊这些网络巨头，手里掌握的信息总量不次于美国政府。论及信息的获得与存储能力，网讯和那两家公司处于同一水平。过去二十年间，成千上万的中国人把隐私交给网讯的服务器。很多商人、官员和社会名流，尚磊比他们的亲人更了解他们。

自己经受住了考验，但是别人呢？

想到这一节，杨真就不寒而栗。尚磊是第一代互联网弄潮儿，创办网迅时才二十出头，当时自然不会有什么特别的想法。但是现在，一种无可比拟的特权摆在面前，他可以靠隐私摆布很多人。面对这份特权，他能够坐怀不乱？

打过招呼后，杨真便坐回自己的角落，看着尚磊和各色人等握手寒暄，内心中梳理着这个疑问。

正式活动开始，其他人热完场子后，尚磊坐到嘉宾席上，环顾四周。

“肖老师，卢老师，各位嘉宾，你们好。很高兴能参加月光社的活动。不过今天我不讲技术，只是分享生活感受。我想，这也符合月光社的宗旨。科技终归还是要为人服务，但是为什么样的人？提供什么服务？每个有责任的专家学者都要时刻想着这个问题。”

尚磊先是回忆起小学时一个邻家男孩。当时，父母不让尚磊和那个男孩玩，理由是他经常说谎。尚磊没有遵命，偷偷和他混在一起，被父亲发现后还挨过一顿骂。

“结果他在25岁时进了班房，诈骗罪，我爸的预测完全正确。”

然后，尚磊又讲起一名初中校友。此人高他一个年级，是有名的校园小霸王，经常带几个人在校门口向低年级学生勒索财物，尚磊也被抢过几次。就在前几天，尚磊偶然间路过母校，在小巷里看到这个人推车卖菜。

“就连干这个活，他都不如旁边的菜农。菜品不摘不洗，黑乎乎堆在车上，自己蹲在旁边的地上，也不开口吆喝。附近几个菜农顾客盈门，忙得团团转，他这边根本没人光顾。当时我就想，如果倒退三十年，他肯定会找人打跑那些菜农，霸占这条街道，但是在今天，他没有这个机会了。”

尚磊还讲起一个大学同学，专业课成绩奇差，却跟着文学院同学去写诗作文，抨击时政。尚磊看过他写的文字，无非是痛感世风日下、民不聊生之类。尚磊不以为然，还和他开玩笑，既然觉得世界如此黑暗，怎么不去自杀?

没想到毕业两年后，这个同学真的自杀了。他在自家窗口下面的小径上摆了块白布，从七楼家中跳下去，想弄个血溅当场，用生命搞一场行为艺术秀。

“办这么简单的事，他都没计算好角度，下落时被二楼遮阳棚挡了一下。结果腰部截瘫，在床上一直躺到今天。”

林林总总讲了七八件这样的奇葩事件，全部都是尚磊的亲身经历：“这种人见多了，我就得出结论。世界上确实有人比别人懒、比别人笨、比别人坏。这些人加起来，形成了一个无用阶级。我今年四十七岁，见过太多的无用阶级。如果让他们与各位平起平坐，你们觉得公正吗？”

杨真看看肖老师，他也在专注地听着，显然不知道尚磊为什么要讲这些。于是，她又把身子转向尚磊。

“好吧，再让我们看看另外一个事实。”尚磊话音刚落，背后屏幕上便出现一道曲线。前面很长一段都在缓慢抬升，到最后陡升为一道悬崖。

“我们这代人出生时就和几十亿人为伍。但是，如果谁家有位九十岁的老人，他会告诉你只有二十亿人的世界是个什么样。尊敬的肖老师读到小学，世界人口才达到三十亿，不足现在一半。”

“为什么今天的我们一定要和七十亿人共同生活？有没有人计算过，要传承和发展人类文明，究竟需要多少人口？一定要七十亿吗？人人都喊压力大，如果明天起床，世界上的人消失一半，就像电影《复仇者联盟》中演的那样，还会有这么大压力吗？人人高喊资源紧张，如果地球只有三十亿人，资源还会这么紧张吗？”

蜂巢计划！他是要讲蜂巢计划吗？杨真集中了精神。“网魔”一案中没有任何情节与蜂巢计划直接有关，但她忘不掉这个古怪的名字。

“真的不需要，七十亿人中有太多的无用阶级！看看周围，多少人选择不工作、不成家、不生养，选择去做宅男宅女，主动放弃对地球资源的争夺。这样不好吗？这难道不是恢复人类历史99%时间段的常态吗？社会发展了，道德进步了，不能再靠饥荒和战争消灭无用人口。然而，AI会帮助社会人道地解决这个难题。”

尚磊越讲越激动，完全不是平时媒体中那个少言寡语的形象：“AI会把生产率提高到难以想象的程度。未来，中国哪怕只有四亿人干活，产出的财富仍然远远超过今天。不劳动的人也不会饿死，失业救济金保证他们每天吃、睡、玩。既然那就是他们的人生理想，为什么一定要强迫他们都去劳动？将来人们会选择两种生活，一种是在人工智能的帮助下创业，一种是像猪狗那样，由人工智能照顾他们生老病死。双方各取所需，这样不好吗？”

人工智能会让一半成年人失业？是的，尚磊没说错，谁都不会在一场人工智能研讨会上讲这种悲观的话，但是这个结论在场专家们心里有数。

演讲结束，冷餐会开始，杨真端着一杯饮料走到尚磊面前，开门见山地问：“刚才你是在讲蜂巢计划吗？”

“我是在讲怎么给警察减少麻烦。真到了那一天，是让几亿失业人员待在蜂巢里靠游戏消磨人生，还是在街上向你们扔石头？”

那道法律界限又出现在眼前，阿辉是网讯编制的一个错误程序，还是他们有意为之的结果？如果是后者，此案所有结论都得改写。想到这里，杨真的心脏加速跳动，尚磊仿佛能听到，微微一笑：“我知道你想要什么，阿辉确实是个错误，完全不符合我们的目标。但是，把更懒的、更蠢的、更坏的、更不能自控的人挑出来，帮助社会把他们合法淘汰，这条路我会一直走下去！”

杨真回忆起肖毅摆的四只茶杯和一把茶壶。现在，正有一把扫帚朝它们横扫过来。游戏成瘾之类的问题，在它面前都变成了鸡毛蒜皮。

以后怎么办？就让他们搭成那些蜂巢？

答案杨真现在还没有，她要用后半生去寻找。

本集说明

1．产生人类水平的智能，这个技术关键点被称为奇点。据一份对人工智能专家的调查显示，42%的人认为奇点会在2030年到来，25%的人认为要晚到2050年，20%的人推测会出现在2100年，还有2%的人认为永远不会到来。

2．人工智能领域存在着巨大的先发优势，谁抢到第一就有可能永远不被追上。《网魔》的故事就是建构在这样一个技术前景之上。

3．据美国自动写作技术公司联合创始人哈蒙德预测，到2025年，网络上90%的新闻将由程序完成。现实中的技术进步也许真可能让"虚拟伴游"这样的软件成为现实。

4．图灵测验是英国人艾伦·麦席森·图灵设计的实验，由人类在隔离的前提下分别向一个人和一台机器随意提问。进行多次测试后，如果超过30%的测试者不能确定被测试者是人还是机器，则可认为这台机器具有人类智能。

5. “蜂巢”计划源自马丁·福特在《机器人时代》中的构想——给生产能力低下的人一定生活保障，让他们离开工作岗位，确保愿意勤奋工作的人能提高工资。